HANS PLATZ GUMER · WILL KOMMEN IN MEINER WIR KLICHKEIT!

MILENA

INHALT

ILLUSTRATIONEN VON CHRISTOPH ABBREDERIS:

- JOHN LENNON

- STEFAN SAGMEISTER

- EVA PLATZGUMMER

- DONALD TRUMP

- INDISCHE KURZSCHWANZGRILLE

- GUY DEBORD

- JOHANN WOLFGANG GOETHE

- OTTO WAALKES

- HATSCHI BRATSCHI

- PAPST FRANZISKUS

- MAHARISHI MAHESH YOGI

- WALL·E

- ANDY

- FRIEDRICH NIETZSCHE

- HANS PLATZGUMER

- ARISTOTELES

- ROLAND BARTHES

Dear Prudence
Won't you come out and play
Dear Prudence
Greet the brand new day

John Lennon, 1968

0 DRAUSSEN SPIELEN

Come out and play? Ich bin schon draußen! Seit einem halben Jahrhundert spiele ich, besser: ringe ich mit dem, was ich als wirklich anzunehmen habe. Tag für Tag, in jeder Lebensphase aufs Neue bin ich hoffnungslos mit dem Diesseits verstrickt. Heute will ich kurz anhalten und nicht nur John Lennon Grüße ins Jenseits schicken, sondern einen Streifzug durch die Wirklichkeit unternehmen, die sich mir offenbart.

Meine Wahrnehmung dieser Wirklichkeit wird jener anderer Menschen mal mehr, mal weniger ähneln. Jeder hat seine eigenen Orte, Unorte, Zeiten, Unzeiten. Meine sind hin und wieder ganz klein, dann wieder riesengroß, manchmal liegen sie ganz nahe, dann wieder weit entfernt. Wohin auch immer es mich verschlagen hat und verschlägt, es prägt meine ganz persönliche Empfindung des Realen. Meine Wirklichkeitsauffassung ist weder glamouröser noch erbärmlicher als das, was andere erleben. Auch ist die Sachlage, die sich für mich ergibt, weder unwiderlegbar wahr noch frei erfunden. Doch sie ist, ganz einfach, unleugbar, sie ist, ich bin.

Keine Angst: Ich spreche nicht von den großen erkenntnistheoretischen Fragen. Ich werde mich nicht in die seit Jahrtausenden geführten Realismusdebatten begeben. Nicht die Fraglichkeit der Wirklichkeit an sich ist Thema meines Rundblicks, sondern ihre Praxis: die Dinge an sich und Geschehnisse an sich, die sich immerzu in meine Denkstrukturen hineinfressen. Diese Unausweichlichkeit des Lebens. Das direkte, hautnahe

Erfahren von Wirklichem, nicht soweit ich es begreifen kann, sondern begreifen *muss*. Die Annahme einer Realität, die ich, ganz subjektiv, als erkennbar erachte. Sie beeindruckt mich, fordert, überfordert mich, und zugleich reizt sie mich mehr als alles andere. Willkommen in meiner Wirklichkeit!

1 DAS SCHÖNE IN DER WELT

Oft wird mir die Auseinandersetzung mit diesem scheinbar Wirklichen, das mich überall umgibt, wo ich mich befinde, zu viel. Ich verlange nach Auszeit. Ich versuche, der Common-Sense-Realität zu entwischen. Eine allzu wirklich wirkende Welt ist furchteinflößend. Es ist mühsam und zeitaufwendig, sich in ihr zu bewegen. Parallelwelten bieten Pausen. Sie sind Alternativen, wirken sowohl aufregender wie bequemer. Neben den herkömmlichen Methoden der Realitätsflucht machen es mir die technischen Errungenschaften der letzten Jahrzehnte immer leichter, mich dem zu entziehen, was augenscheinlich um mich herum und mit mir geschieht. Wille und Bedürfnis schwinden, mit dem Unmittelbaren dort draußen in Kontakt zu treten. Dennoch lohnt es sich, davon bin ich überzeugt, sich auf diese erkennbare Wirklichkeit so oft wie möglich einzulassen. Denn in ihr gibt es, neben so manchem Irrsinn, viel Schönes zu entdecken.

Mit der Auffassung, dass wir der echten Umgebung mehr Aufmerksamkeit schenken sollten, bin ich nicht allein und nie allein gewesen. Schon John Lennon sang vor fünfzig Jahren:

The sun is up,
The sky is blue,
It's beautiful,
And so are you.

Als Teil einer Gruppe angloamerikanischer Künstler hatten sich
die Beatles in Guru Maharishis Aschram im nordindischen
Rishikesh eingefunden, um sich in transzendentaler Meditation
unterrichten zu lassen. Prudence Farrow, die Schwester der
Schauspielerin Mia Farrow, war besonders erpicht darauf, die
Techniken dieser geistigen Erneuerungsbewegung zu erlernen.
Sie litt unter depressiven Verstimmungen und sehnte sich
danach, mittels des »yogischen Fliegens« die Wirklichkeit zu
verlassen, in der sie feststeckte. Stundenlang kam sie aus ihrem
verdunkelten Meditationsraum nicht heraus. John Lennon fand,
dass sie übertrieb. Sich selbst wochenlang wegzusperren, um
schneller als jeder andere Gott zu finden, erschien ihm als Sackgasse. Also schrieb er den Song »Dear Prudence« für sie und
wies Prudence auf die Schönheit nicht der transzendentalen,
sondern der wirklichen Welt hin, die sie umgab. Die Sonne
schien vom blauen Himmel, ein Lüftchen wehte, Vögel sangen.
Prudence sei Teil all dieser Harmonie, textete er. Sie sei ein schönes Menschenkind, schön wie die Welt. Und die Welt war schön.
Natürlich herrschte außerhalb des Aschrams, draußen in dieser

wirklichen Welt, Krieg, nicht nur in Vietnam. Es herrschte Elend, Hunger, unfassbares Leid, nicht hinnehmbare Ungerechtigkeit. Gegen all dies galt es sich zu positionieren und nichts unversucht zu lassen, um aus der Welt einen besseren Ort zu machen. Niemand wird John Lennon vorwerfen, sich nicht für die Friedensbewegung eingesetzt zu haben. Dennoch: Die Welt war auch wunderschön. Auch das galt es festzustellen. Wer sich für die Verbesserung der Lebensbedingungen einsetzt, muss die Schönheit des Augenblicks erkennen können. Sie liefert die Gewissheit: Das Leben ist lebenswert. Entweder als großes Ganzes oder zumindest im einen oder anderen Ausschnitt erscheint es mir als das Schönste, was ich mir vorstellen kann. Ängste beruhen meist auf dem Blick in die Zukunft. Die augenblickliche Gegenwart aber, zumindest in der Wohlstandsgesellschaft, in der ich lebe, ist sehr oft nicht erdrückend. Ich sitze, während ich diesen Satz schreibe, in einem beheizten Zimmer. Es ist Anfang 2019. Durch das Fenster blicke ich auf die schneebedeckten Dächer des Wiener Häusermeers. So sehr ich mir der menschenverachtenden Politik bewusst bin, die von der rechtskonservativen Regierung in diesem Land betrieben wird, während ich hier sitze; in diesem Moment lässt mich die Welt in Frieden arbeiten. Ich habe weder Hunger noch Durst. Ich muss nicht davon ausgehen, dass im nächsten Moment ein Blitz oder eine Bombe einschlägt. Es geht mir gut, jetzt. Und ich vermute, dass es auch Ihnen gut geht, jetzt, während sie diese Zeilen lesen, daheim, im Zug, im Café, wo immer.

Ich bin von Lennons Jetzt in das Jetzt gerutscht, in dem ich, genau ein halbes Jahrhundert später, diesen Text verfasse. Lennon meinte damals, die Wirklichkeit sei, bei all ihrem Schrecken, dem Menschen zumutbar, mehr noch: schön, *beautiful*, wenn man sich mit allen Sinnen dem Augenblick hingebe. Zwölf Jahre nach »Dear Prudence« wurde er in New York auf offener Straße erschossen. Er hatte entschieden, sich nach einer Studiosession nicht von einem Taxi direkt bis in den Innenhof seines Wohnhauses bringen zu lassen, wie er es sonst tat, sondern wollte noch ein paar Schritte zu Fuß machen. Es war ein Montag im Dezember, knapp elf Uhr abends, eine kalte, schöne Winternacht. Ein schöner Augenblick, der letzte in Lennons Leben. Er hatte an die Schönheit der Dinge geglaubt, sich unermüdlich für Gerechtigkeit und die Verbesserung der Lebensbedingungen eingesetzt. Er hatte eine, wenn auch träumerische, Vision von einer besseren Welt. *Imagine*, sang er, stellt sie euch vor, die Welt ohne Krieg, Hass, Gewalt, Gier, ohne Religionen, Unterdrückung, Ausbeutung. Dann traf ihn die Wirklichkeit in Form einer Kugel aus dem Revolver seines Attentäters.

Ich, ein Gymnasiast in Innsbruck, höre die Nachricht nach dem Aufstehen im Morgenjournal im Radio und breche weinend zusammen. Ich bin mir nicht bewusst darüber gewesen, wie wichtig mir John Lennon war – bis zu jenem Tag, an dem er ermordet wurde. Ich hatte ihn als alten Hippie abgehakt. Seine Zeit war vorüber gewesen. Die Hippies waren Bhagwan-Jünger in orangen Kleidern geworden, sie trugen eine Kette mit Holzkugeln und einem Bild ihres Gurus um den Hals, mehr hatten sie nicht erreicht. Die Welt war nach wie vor ein Ort des Grauens. Nichts hatte sich verbessert, die Ausgrenzung und Ungerechtigkeit in der Welt hatte zu-, nicht abgenommen. In unseren Augen zumindest. Wir waren Punks, eine radikalere, kompromisslosere Jugendbewegung, eine, die die Welt nicht mit Blumen in den Haaren, sondern mit der Brechstange verändern wollte. Wir verschwendeten keine Träumereien mehr an eine bessere Zukunft, sondern verneinten sie grundsätzlich wie alles andere auch. *No Future.* Die Generation X hörte auf, an Versprechungen zu glauben und beschwor stattdessen die Apokalypse herauf. Es war ein lustvolles Spiel mit dem Untergang – anders als heute, da jeder den Untergang zu fürchten gelernt hat, weil er angesichts der komplexen Probleme der Menschheit inzwischen so furchtbar real erscheint. In den 1980er Jahren war es einfacher: Wir hassten das Gestern und glaubten nicht an das Morgen. Somit blieb nichts anderes übrig, als das Hier und Jetzt auszuleben, und zwar so üppig, so schnell, so laut wie irgendwie möglich. Jeder Augenblick wollte genutzt werden. Wir hätten Prudence denselben Tipp gegeben: Komm heraus, versteck dich nicht, spiel mit uns. Es ist ein brandneuer Tag, fackeln wir die Welt ab, wie sie bis heute bestanden hat.

Meine Freunde und ich schworen uns, nicht älter als 21 zu werden. Manche hielten den Schwur. Ich vergaß ihn im Rausch der Ereignisse.

Heute bin ich in meinem fünfzigsten Lebensjahr. Im Grunde ist die Welt nicht besser und nicht schlechter geworden. Sie hat sich verändert, aber weder ist sie klar in die eine noch in die andere Richtung gekippt. Die Menschheit befindet sich weiterhin auf ihrer Gratwanderung. Die Wirklichkeit dort draußen ist unzumutbar wie eh und je und gleichzeitig nach wie vor schön. Schönheit aber ist mehr als bloß Sonne und blauer Himmel. Und ihr Gegenteil ist mehr als Regenwetter.

Im buddhistischen Denken ist das Gegenteil von schön nicht hässlich, sondern böse. Im deutschen Sprachgebrauch haben wir jedoch das Hässliche mehr oder weniger von dieser Emotion des Hasses abkoppelt und verstehen es im ästhetischen, oberflächlichen Sinn. Tiroler wie ich, Dialektmenschen, machen es sich ein wenig leichter: Sie verwenden das Wort »hässlich« nie.

Es existiert im Tiroler Wortschatz nicht. Ein Tiroler sagt »schiach«. »Schiach« ist vielschichtiger als »unschön«. Es spannt sich von »grauenhaft«, »entsetzlich« über »heftig« bis hin zu »völlig daneben«, und gleichzeitig schwingt automatisch Mitleid mit. Ein Verzeihen, Bedauern. Mit »schiach« macht der Tiroler alles Unschöne entschuldbar. Rein sprachlich gibt er ihm die Chance der Wiedergutmachung.

Mein Freund Stefan, ein Grafikdesigner, der sich in den letzten Jahren verstärkt mit der Bedeutung des Schönen befasst hat, meint wiederum, das Gegenteil von Schönheit sei nicht Hässlich-, sondern »Wurschtigkeit«. Menschen, Künstler, Architekten, die lieblos ihre Arbeit verrichten, richten Unfug an. Stefan ist ein äußerst analytisch funktionierender Mensch. Er wertet Listen und Statistiken aus. Über empirische Studien kommt er zu dem Ergebnis, dass Menschen weltweit runde Formen und blaue Farben als schön, attraktiv empfinden. Die Sonne, der Himmel. Das ist genau, wie John Lennon für Prudence die Schönheit der Welt beschrieb: *Open up your eyes, see the sunny skies. Look around, round, round!*

Pro Tag wird in Österreich eine Bodenfläche in der Größe von etwa 15 Fußballfeldern versiegelt. Über 5000 Fußballfelder jährlich für hauptsächlich neue Verkehrsflächen, Bauflächen, Betriebsflächen. In absehbarer Zeit wird dieses kleine Land sich vollständig zubetoniert und zuasphaltiert haben. Auch das übersehe ich nicht, wenn ich um mich blicke. Wo ist das schöne Runde, schöne Blaue? Vielerorts ist unser Planet mit eckigen, braunen Undingen vollgestellt. Wenigstens nicht überall.

Stefan beschränkt seine Schönheits-Forschungen auf von Menschen Gemachtes. Lennon dagegen singt von der Schönheit der Natur. Prudence soll nicht zurück in die Welt kommen, weil dort ein imposantes Bauwerk, eine beeindruckende Brücke oder ein Museum voll zeitloser Kunstwerke auf sie wartet. Der Himmel, die Wolken, Gänseblümchen, Vögel, die Sonne, das Menschenkind, allein das rechtfertigt den Wiedereintritt in die Wirklichkeit. Diese Position ist einfacher, allgemeingültiger zu vertreten. Wer traut sich, die umfassende Schönheit der Natur zu leugnen, vom Gänseblümchen auf der Wiese bis hin zur Andromedagalaxie, die Milliarden Sterne beinhaltet?

Der Schönheitsbegriff des Menschen trägt das Konservative in sich. Als schön erkennen wir Vertrautes an. Es darf höchstens mit Neuem kombiniert sein. Etwas als schön zu empfinden, heißt, sich daran gewöhnt zu haben.

Seit unserer Kindheit ist ein blauer Himmel schön. Ein botanischer Garten ist schön. Der Taj Mahal. Das Opernhaus von Sidney. Die Sonnenblumen Van Goghs, die Seerosen Monets. Botticellis Geburt der Venus. Bocellis *Time to say goodbye*. Monica Bellucci ist schön. Die Kreationen Versaces, die Stimme Adriano Celentanos. Warum fallen mir nur italienische Schönheiten ein? Weil Italien schön ist. Auch George Clooney ist schön. Und *Pale Blue Eyes* oder Beethovens Neunte. Oder wie 20 000 Fans in Edinburgh *Sunshine on Leith* singen. All das und vieles mehr ist schön, und so manches andere können wir uns schönreden oder schöntrinken. Die Schönheit aber, die von der Natur immerzu geschaffen wird, ist über alle Diskurse erhaben. Sie steht außerhalb unserer Bewertungskriterien. Sie kann niemals Kitsch sein. Sie ist ewig und erschreckend vergänglich zugleich.

Die Blätter des Herbstwalds leuchten in unglaublichen Farben, dann fallen sie tot zu Boden. Ich kann nur staunen und versuchen, ihr Leuchten nicht zu übersehen. Ich freue mich darauf, das Schauspiel im kommenden Jahr wieder zu erleben. Doch es wiederholt sich nicht einfach so.

2014 war das heißeste Jahr, seit es globale Temperaturaufzeichnungen gibt. Dann wurde es von 2015 überholt. 2015 wiederum wurde von 2016 und 2017 geschlagen. 2018 war das wärmste je in Österreich gemessene Jahr. Sein Sommer der trockenste, den wir je erlebt haben. Als ich im Herbst in die Wälder ging, trugen die meisten Blätter ein mattes, rostiges, schiaches Braun. Sie waren bereits im August vertrocknet. Auch Wasserläufe, aus denen ich bei früheren Wanderungen getrunken hatte, waren ausgetrocknete Flussbetten geworden.

Als John Lennon »Dear Prudence« komponierte, war der Aralsee noch viertgrößter See der Welt, flächenmäßig annähernd so groß wie Österreich. Dann wurden aus seinen Zuflüssen Unmengen von Wasser für die künstliche Bewässerung von Baumwollplantagen entnommen. Bereits Ende des Jahrhunderts war der Wasserspiegel des Sees um ein Drittel gesunken, sein Salzgehalt hatte sich vervierfacht, seine Fläche war auf fast die Hälfte geschrumpft. Der See zerfiel in zwei voneinander abgetrennte Teile, den »großen« und »kleinen« Aralsee. Und die

Verlandung schritt weiter voran, schneller, als es Wissenschaftler erwartet hätten. 2016 war das östliche Becken des Sees erstmals restlos ausgetrocknet. Heute ist nur noch ein Zehntel der einstigen Wasserfläche vorhanden. Das Gewässer ist praktisch von der Landkarte verschwunden, ehemalige Hafenstädte liegen über hundert Kilometer vom Ufer entfernt. Nur ein etwa 30 Kilometer schmaler, nördlicher Wasserstreifen könnte durch einen aufwendigen, ständig sanierungsbedürftigen künstlichen Damm gerettet werden. Was vor wenigen Jahrzehnten ein gigantischer, fischreicher See war, ist heute eine von Sand-, Staub- und Salzstürmen heimgesuchte, durch Rückstände hochgiftiger Pestizide und Unkrautvernichtungsmittel kontaminierte Wüste.

Bei einem Symposium behauptete eine Schriftstellerkollegin kürzlich, wenn sie in den Spiegel sehe, sehe sie die Natur vor sich. Klappe sie ihren Laptop auf, berühre sie ein Stück Natur. Ihre Auslegung von Natur war somit: Alles, was wir sind, kennen und kennen können. Alles Bekannte und alles Unbekannte. Der Begriff erübrige sich folglich, wir könnten ihn genauso gut aus unserem Vokabular streichen. Natur sei einfach alles und nichts.

Sosehr ich aber von meinem eigenen Spiegelbild als Naturerscheinung entzückt sein mag, ich muss einen Unterschied zwischen mir und dem Aralsee oder einem Herbstwald, zwischen mir und einem Berg, Fluss, Meer, dem Sonnensystem, Universum anerkennen. Auch wenn alles aus demselben Urmaterial besteht und der Unterschied bloß die Perspektive ist, aus der heraus ich Dinge betrachte. Einen Ginkgobaum. Ein Rosenblatt. Einen Grashalm. Auch den Flügelschlag eines Schmetterlings. Die Schnauze eines Pumas. Den Rüssel eines afrikanischen Elefanten. Ich sehe, dass ich als Mensch mich als etwas anderes sehen kann, darf, muss. Ich muss von mir ausgehend die Welt beschreiben, etwas anderes bleibt mir nicht übrig. Ich, der Mensch, um mich herum die Welt. Einen weiteren Horizont habe ich nicht.

Von dieser Warte aus betrachtet, sehe ich, dass ich zugleich Teil der Natur wie ihr Vernichter bin. Seit vier Millionen Jahren, seit wir als Australopithecinen auf diesem Planeten aufgetaucht sind, Homo habilis, Homo erectus, irgendwann Homo sapiens geworden sind, haben wir uns erfolgreich gegen die Natur durchgesetzt. Doch statt ein Gleichgewicht mit ihr zu finden, beuten wir die vermeintlich Unterlegene weiter aus und hoffen, alles Natürliche in Zukunft durch Künstliches ersetzen zu können. In diesem Stadium befinden wir uns nun, in diesem Übergang ins Virtuelle. Wir treten eine Reise ins Exil an. Und genau hier setzt die Wirklichkeitsverschiebung ein. Der Realitätsverlust, den ich konstatiere.

Da das Hauptmerkmal der Schönheit der Natur, die ich, im Gegensatz zu meiner Autorenkollegin, als Gesamtheit der vom Menschen unbeeinflussten Entstehungs- und Vergehensprozesse definiere, die Vergänglichkeit ist, und ich die Natur als gegebene Wirklichkeit betrachte, muss ich auch die Wirklichkeit, zu der ich Kontakt halten will, als etwas Flüchtiges erkennen. Was entsteht, zerfällt. Und dieses unausweichliche Ablaufdatum alles Wirklichen macht es umso wertvoller. Je schneller Schönes vergeht, desto stärker will ich daran festhalten. Das ist nicht bloß ein marktwirtschaftliches Prinzip, dass eine Sache umso teurer wird, je rarer sie ist. Diese Rechnung zieht sich gleichermaßen in alles hinein, was wir erleben, auch in immaterielle Schönheit.

Ich entdecke einen Regenbogen oder eine außergewöhnliche Wolkenformation am Himmel und lasse alles stehen und liegen, weil ich weiß, dass dieser Zauber kurz darauf vergangen sein wird. Hätte ich ihn fotografiert, ich hätte ihn nie in seiner ganzen Dimension eingefangen. Der Schritt vom Eigentlichen ins Uneigentliche ist immer Abstraktion. Er gestaltet neu, er schafft Distanz.

Als Kind bin ich zu den seltenen Anlässen, wenn es ein Feuerwerk gab, aufgeregt auf die Straße gerannt, um nichts davon zu verpassen. Heute wird mindestens jedes Wochenende in meiner Umgebung in die Luft geschossen, weil irgendjemand oder irgendetwas Geburtstag hat oder auch einfach nur, weil einem die Knallkörper für 6,99 Euro bei jedem Aldi nachgeworfen werden. Ich schaue längst nicht mehr aus dem Fenster, nur weil es draußen knallt. Auch meine Kinder hörten früh damit auf. Was zu oft wiederholt wird, verliert die Magie.

Bekomme ich ein Luxushotel für eine Nacht, komme ich mir vor wie im Paradies. Spätestens ab der dritten Nacht aber fange ich an, mich über das Bettzeug, das Personal, das Frühstücksbuffet oder die Dusche zu beschweren. Der Luxus hat seinen Reiz verloren.

Zu meinem engen Freundeskreis zähle ich einige sehr wohlhabende Menschen. Sie können sich ständig alles leisten, was sie wollen. Ich beneide sie nicht darum.

Glück und Schönheit können nur Momente sein, nie Dauerzustand. Das ist beim Menschen nicht anders. Nicht einmal Monica Bellucci oder George Clooney bleiben immer schön. Vielleicht war sogar »El Cóndor Pasa« einmal schön, als es noch ein peruanisches Volkslied war, bevor die Los Incas es nach Europa und Paul Simon es nach New York brachten? Seit den 1970er Jahren hat es als Evergreen seine Unschuld verloren. Unermüdlich melken professionelle lateinamerikanische Straßenmusiker diesen Song in den Fußgängerzonen westlicher Städte. Vor dem Fenster meines Arbeitszimmers in Wien-Meidling steht fast täglich ein in bunte Indio-Gewänder gehüllter Panflötist, der mein Hirn mit solcher Folklore wäscht. Ich kann praktisch nicht aus der Wohnung zur U-Bahn gehen, ohne diese unabänderliche Melodieschleife »I'd rather be a hammer than a nail ...« im Kopf zu haben, ja beizeiten sogar lauthals vor mich hin zu singen, nur um es dadurch vielleicht aus mir hinaus zu transportieren. Es gleicht einer Folter.

Schönes wird durch Überfluss zu Unerträglichem. Dauernde Wiederholung und Anbiederung verwandeln es in sein Gegenteil. Schönheit hält dem Kommerz nicht stand. Selbst die erwähnten Sonnenblumen Van Goghs, die ich mir für ein Trinkgeld als Poster kaufen kann, lösen in mir als Betrachter keine Emotionen mehr aus. Das erwähnte Sidney Opera House: Als ich das erste Mal darauf zuging, fiel es mir praktisch gar nicht auf, so vertraut war ich mit seiner Erscheinung. Unzählige Male hatte ich es bereits auf Bildern und Ansichtskarten gesehen. Auch Hokusais Holzschnitt »Die große Welle von Kanagawa« hat in seinem milliardsten Nachdruck an Reiz verloren. Er ist nach wie vor schön und wird es immer bleiben, denn wir alle haben uns darauf geeinigt und daran gewöhnt. Doch ich kann nicht anders, als dies nun einfach als gegeben hinzunehmen. Dieses Schöne ist als schön abgestempelt, abgehakt.

In Japan weiß man um solche Verknüpfung von Schönheit mit ihrer Zeitlichkeit. Alte Gebäude, von Palästen und Tempeln abgesehen, werden dort praktisch nie renoviert. Sie haben ihre Zeit. Ist Pracht oder Funktion vergangen, werden sie abgerissen und an ihrer Stelle wird etwas Neues, den aktuellen Idealen Entsprechendes errichtet. Schönheit ist kein Denkmal, sondern der unentwegte Übergang von einem Zustand in den nächsten.

2 VIRTUAL REALITY

Vor etwa 20 Jahren – ich war in der Blüte meiner Manneskraft – musste ich, ich weiß nicht mehr warum, zum Urologen. Ich lebte damals in München und wählte, ohne lang zu überlegen, einen Arzt in der Innenstadt. Es handelte sich um eine gut aussehende Urologin. Im Arztzimmer musste ich die Hosen vor ihr runterlassen. Sie befühlte meinen Hodensack.

»Tut das weh?«

»Nein.«

Ich kämpfte dagegen an, eine Erektion zu bekommen.

Mir kam der Ratschlag eines japanischen Freundes in den Sinn, der meinte, in solchen Fällen schnell an seine Mutter zu denken.

»An die Mutter denken, und alles geht sofort vorbei«, hatte er gesagt.

Ich tat es. Mit Erfolg. Ich stellte mir Mutter vor.

Es ist so einfach, sich aus der Wirklichkeit hinauszudenken. Man muss nur achtgeben, jederzeit den Weg zurück finden zu können. Je länger und öfter man sich aus der Wirklichkeit verabschiedet, je mehr es zur Gewohnheit wird, sie loszulassen, desto schwieriger wird es, sie wieder zurückzuerlangen.

In jener Situation bei der Urologin war die Realitätsflucht eine gute Sache. Nicht die Ärztin, die meinen Hoden untersuchte, sah ich vor mir, sondern meine Mutter, die mich immer, wenn sie streng mit mir wurde, Johann nannte.

»Johann!«

Sobald dieser Name erklang, wusste ich, es wurde ernst. Dann sagte ich besser nichts mehr und verkroch mich in mein Zimmer.

Dort hatte ich mir aus Plastilin eine täglich wachsende Parallelwelt erbaut, erknetet. Ein knappes Dutzend Plastilinfiguren führten als Popstars mit ihren Frauen, Freunden, Hunden, Fußbällen und Gitarren ein facettenreiches, skandalträchtiges Leben, parallel zu der wirklichen Welt, die mich umgab. In dieser Parallelwelt gab es keinen Johann. Dafür gleich mehrere Johns. Die Band, in der sie spielten, und die frenetisch gefeierte Konzerte in ausverkauften Hallen gab, hieß »The Dicks«. Ich wusste damals nicht, dass das »Die Schwänze« hieß. Ich fand einfach, dass es lässig klang.

Der beste echte Freund in meiner Kindheit in Innsbruck war Osi, ein gleichaltriger Junge, der ein Stockwerk über uns wohnte. Sein Zimmer lag genau über meinem, und wir kommunizierten, indem wir zwei Plastikbecher mit einer Schnur verbanden, die von seinem Fenster bis in mein Zimmer reichte.

Ein Plastikbecher diente als Sprechrohr, der andere als Ohrmuschel. Man musste die Schnur so fest wie möglich spannen, damit es funktionierte. Meistens aber verstand ich kein Wort von dem, was Osi sagte.

Sein Vater war ein türkischer Pianist, Kommunist und Aktivist bei Greenpeace. Meiner war Polizist, Sicherheitsdirektor von Tirol und praktizierender Katholik. Dennoch war Osis Vater unvergleichlich strenger als meiner. Zum Glück war er, wie fast alle Väter damals, die meiste Zeit außer Haus. Dann funkte mich Osi durch das Schnurtelefon an: »Die Luft ist rein!« Und ich rannte sofort die Treppe hoch.

In Osis Zimmer hatten wir unter seinem Hochbett ein gigantisches Raumschiff aus Stühlen, Tischen und Decken konstruiert. Unzählige Knöpfe, Hebel, Mikrofone, Bildschirme oder Bullaugen, durch die hindurch wir die Tiefen des Weltalls erforschten, waren auf unserer Kommandobrücke angebracht. Wir drangen in Galaxien vor, die kein Mensch vor uns jemals gesehen hatte. Das Brenzligste waren jeweils die Starts und Landungen, wenn alles wackelte, gedehnt, gepresst wurde, ächzte, knarrte und fast auseinanderbrach. Auch darüber hinaus mussten wir einiges überstehen: Meteoritenhagel, durch die wir zu navigieren hatten, schwarze Löcher, die uns aufzusaugen drohten, Sternexplosionen, die uns praktisch bei lebendigem Leib versengten, und jede Menge unterschiedlicher, gutartiger oder feindseliger, außerirdischer Lebensformen. Sobald ich schreiben konnte, hielt ich eines unserer intergalaktischen Abenteuer in Buchform fest: »Landung auf Wosh-Adan.«

Der Text wurde niemals fertiggestellt. Doch ja, ich habe einiges an Erfahrung mit dem Ausstieg aus der Wirklichkeit gesammelt. Ich weiß, wie gut er tut.

Als ich ins Gymnasium ging, übersiedelte Osis Familie. Bald

verloren wir uns aus den Augen. Nun begann die Zeit, wo die meisten in meinem Umfeld damit anfingen, mit Drogen – vornehmlich Alkohol und Haschisch – Schlupflöcher in die Wirklichkeit zu schlagen. Ich entdeckte die Natur als Zufluchtsort für mich.

Lange gab ich mich dem Glauben hin, dass die Natur, die uns umgab, unermesslich groß und der Mensch im Gegensatz unermesslich klein sei. Ich erkannte sie als Freiraum, als Refugium. Als Teenager setzte ich mir die Kopfhörer meines Walkman auf, hörte laute Rockmusik und lief oft nicht durch die Stadt, sondern in die Waldgebiete der Nordkette hinein, wo mich niemand störte. Später reiste ich in die hohe Arktis, an abgelegene neuseeländische Küsten, durchkreuzte den Dschungel Mittelamerikas, bestieg asiatische Vulkane oder wanderte in Steinwüsten herum. Überall spürte ich die Nichtigkeit des menschlichen Daseins und die Macht der Natur. Wie klein ich im Vergleich zu den Gletschern war! Ich drang in menschenleere Gebiete vor, wo mir höchstens eine Felsspalte, eine Vogelspinne oder ein Eisbär den Weg versperrten, und hätte für immer dort verschwunden bleiben können. Ich war der Meinung, der Mensch sei klein und könne im Grunde nichts ausrichten – ein ungemein tröstlicher Gedanke. Doch in den letzten Jahrzehnten verlor ich diese Überzeugung. Der Mensch hat mehr Gewalt über die Erde, als ich dachte. In erschreckend kurzer Zeit dehnt er seine Herrschaftsgebiete aus. Er geht über Leichen. Rückzugsgebiete, wie ich sie kannte, verschwinden unwiderruflich. Noch als »Eine unbequeme Wahrheit« 2006 erschien und den vom Menschen verursachten Klimawandel aufzeigte, waren mir die Ausmaße der Zerstörung unvorstellbar. Innerhalb weniger Jahrzehnte brachten wir den Planeten Erde und seine Atmosphäre zum Kippen. Noch immer gibt es Schönheit in der Welt, aber wir drängen sie von Jahr zu Jahr weiter zurück. Es scheint, als müssten wir vernichten, letztendlich uns selbst, als könnten wir nicht anders.

Ein Gespür für die Wirklichkeit und Notwendigkeit der Natur kann nur entwickeln, wer mit ihr in Berührung kommt, wer sich wissentlich ihr ausliefert. Der Mensch kann mit rein theoretischem Wissen kaum etwas anfangen. Sie nennen mir statistische Zahlen, etwa dass jeder einzelne Flugpassagier bei einem Langstreckenflug eine Tonne CO_2 in die Atmosphäre pumpt – und ich nehme trotzdem den nächsten Flug nach Boston und nicht das Schiff.

Seit den späteren 00er Jahren lebt der Großteil der Weltbevölkerung in Städten. Es gibt Dutzende Mega-Citys dort draußen, deren Namen wir noch nie gehört haben. Wissen Sie, wo Ibadan liegt? Oder Foshan, Hyderabad, Lahore, Wuhan, Ho Chi Minh Stadt? Sie alle sind bei Weitem größer als Berlin oder Paris. Doch auch in Europa, wo es keine Bevölkerungsexplosionen und Riesenstädte wie in Asien oder Afrika gibt, ist die verklärte Idee, »aufs Land zu ziehen«, eine Illusion geworden. Sie bedeutet heute praktisch, »ins Gewerbegebiet zu ziehen«. In meiner Wohnung im Zentrum Wiens ist es ruhiger als an meinem Vorarlberger Wohnsitz, wo nach letzten Verkehrszählungen täglich fast 20 000 Autos über die Straße vor meinem Fenster fahren. In ihrer Kindheit spielte meine Frau auf dieser Straße noch Federball. Seither hat sich der Straßenverkehr vertausendfacht.

Über das Berghaus in Tirol, das mein Großvater in den frühen 1970er Jahren auf einem abgelegenen Hochplateau errichtete, flog früher zwei-, dreimal am Tag ein Flugzeug hinweg. Wir lehnten uns aus den Fenstern, um zu sehen, was dort oben in den Lüften diesen Lärm machte. »Wow!«, sagten wir, wenn es so tief flog, dass wir sogar die Turbinen erkennen konnten. Heute überfliegen genau hundertmal so viele Flugzeuge das Haus. Nur nachts ist noch für ein paar Stunden Ruhe.

Das ist das Zwischenergebnis eines Systems, das seit Jahrzehnten auf ewiges Wirtschaftswachstum ausgerichtet ist. Zögerlich aber setzt in der Bevölkerung ein Umdenken ein. In Schweden hat sich bereits ein neues Wort inmitten der Gesellschaft etabliert: *Flygskam* – zu Deutsch »Flugscham«. Zu Tausenden steigen Flugreisende in Schweden und anderswo auf die Bahn um, denn sie wissen, dass keine Form des Transports so schädlich für unsere Umwelt ist wie der Flugverkehr. Sie versuchen den Prognosen entgegenzuwirken, wonach sich die weltweite Luftfahrt in den kommenden 20 Jahren erneut verdoppeln wird.

Donald Trump bringt weder Flugscham noch anderen Arten, sich für Umweltvergehen zu schämen, ein Verständnis entgegen. Er hat nie ein Verständnis für die Natur entwickeln können. Er hat ein Gespür für Geld, das ist alles. Der deutsche Astronaut Alexander Gerst hingegen war knapp 200 Tage im Weltall und blickte auf unsere Erde herab. Am 19. Dezember 2018 schickte er von der ISS aus eine Videobotschaft, in der er sich bei den zukünftigen Generationen für den Zustand des blauen Planeten entschuldigte. Gerodete Wälder, vermüllte Meere, verpestete Luft, sinnlose Kriege, gekipptes Klima, Gerst beschönigte nichts.

Vielleicht sollten wir alle zumindest einmal im Leben verpflichtenderweise ins All fliegen, um unseren Horizont zu erweitern? Ich würde viel dafür geben – und bei meinen Raumflügen mit Osi habe ich bereits einiges an Praxis gesammelt. Schon als Kind hatte ich zwei große Träume davon, was ich werden wollte: entweder Astronaut oder Müllmann. Müllmann wurde mein Berufswunsch, als ich in den Ferien einmal in Barcelona war und mich die grünen Uniformen der dortigen Müllabfuhr völlig faszinierten. Bis heute bin ich jedoch keines von beiden geworden. Weder trage ich einen Raumanzug noch die Uniform der Müllabfuhr. Doch ich erkenne, dass das eine mit dem anderen zu tun hat.

In *Star Trek IV: Zurück in die Gegenwart* reist Captain Kirk mit seiner Besatzung durch die Zeit, aus dem 23. Jahrhundert zurück ins Jahr 1986, in dem der Film erschien, um die Buckelwale vor dem Aussterben – und damit die Menschheit vor ihrem Ende – zu bewahren. Er beschreibt Commander Spock die Gesellschaft des späten 20. Jahrhunderts als »extrem primitive und paranoide Kultur«.

Auf den Tag genau sieben Monate vor der Filmpremiere explodierte der Reaktorblock 4 des Kernkraftwerks Tschernobyl. Eine Kette von menschlichem und technischem Versagen führte zu einer Dampfexplosion, die den tausend Tonnen schweren Deckel des Reaktorgehäuses wie eine Blume öffnete. Kontrollstäbe schmolzen, eine zweite Explosion warf Teile des Brennstoffkerns aus. Die Isolierungen von Grafitblöcken entzündeten sich. Dieser Grafitbrand setzte die meiste radioaktive Strahlung frei. In vier Tagen war die Radioaktivität um die ganze Welt gereist. In Europa, Japan, Amerika schlugen die Dosimeter aus. Neun Tage lang wurde von Hubschraubern aus Sand, Lehm, Bor, Dolomit und Blei auf den Reaktor abgeworfen, um den brennenden Grafit zu löschen. Die meisten der Piloten starben innerhalb kurzer Zeit. Nicht viel besser erging es den sogenannten Liquidatoren, einer halben Million Soldaten, die dazu abkommandiert wurden, die Schäden der Katastrophe einzudämmen. Sie fällten Bäume in der Umgebung des Reaktors, sie vergruben die Erde in der Erde, sie schaufelten Grafitbrocken, die aus dem Inneren des Reaktorblocks herausgesprengt worden

waren, wieder in den Krater hinein. Die Schätzungen der Opfer-
zahlen durch Langzeitfolgen dieser Katastrophe, insbesondere
durch Schilddrüsenkrebs und Leukämie, gehen weit auseinan-
der, jedenfalls aber in die Zehntausende. Der Bereich innerhalb
von 30 Kilometern Radius um den havarierten Reaktor ist bis
heute eine Sperrzone.

Im März 2011 ereignete sich im japanischen Kernkraftwerk
Fukushima 1 ein vergleichbarer Super-GAU. Eine Sperrzone mit
denselben Ausmaßen wie in der Ukraine ist entstanden.

Inmitten der Zone um Tschernobyl steht heute der mit einem
provisorischen »Sarkophag« verschlossene Reaktorblock, in
dem sich das Uranium-235 nach wie vor unaufhaltbar spaltet.
190 Tonnen angereichertes Uran und eine Tonne Plutonium,
verschmolzen mit den Resten der Brennstäbe, befinden sich in
dieser notdürftigen Einsargung des Unglücksorts. Die Kosten
zur Errichtung einer besseren Schutzhülle, des »New Safe Con-
finement«, dessen Bau sich aufgrund von Finanzierungsprob-
lemen immer wieder um Jahre verzögert, betragen knapp drei
Milliarden Dollar – halb so viel, wie Trump für eine Grenzmau-
er gegen mexikanische Einwanderer veranlagt.

Es wundert wenig, dass beide Weltsichten, sowohl der Glaube an eine bessere Zukunft der Hippies als auch der Nihilismus meiner Generation X, heute in Vergessenheit geraten. Wer will noch Luftschlösser bauen, wer noch lustvoll den Weltuntergang besingen? Weder *Imagine* noch *No Future* ertönen. Die Probleme, die sich auftürmen, verderben einem die Laune. Sie sind zu ineinandergreifend. Es ist nicht bloß ein roter Knopf, den irgendein machthabender Idiot drücken könnte. Es sind mehr als drohende atomare Konflikte und nukleare oder klimatische Katastrophen. Hand in Hand mit ihnen sehen wir uns Bürgerkriegen, überwältigenden Migrationsproblemen, gigantischen Ausmaßen von Plastikmüll, Pestiziden, Antibiotika oder dem schwelenden Kollaps des Finanzkapitalismus und immer unberechenbarer erscheinender künstlicher Intelligenz gegenüber. Wohin man blickt: Kipppunkte. Und auch von außen – von Göttern, Außerirdischen oder zumindest Meteoriten – ist realistischerweise keine Hilfe zu erwarten. Wir müssen mit dem, was wir uns einbrocken, selber fertigwerden.

Dennoch:

The sun is up,
the sky is blue,
it's beautiful.

Das ist nicht zynisch, sondern auch das ist nach wie vor wahr.

Wenn ich eines Tages sterbe, möchte ich wie der gekreuzigte Brian in Monty Pythons »Life of Brian« die Melodie pfeifen und singen, die Eric Idle 1978 komponierte: *Always look on the bright side of life.* Ich hole mir diesen Song so oft wie möglich in Erinnerung. Jedes Mal beginne ich dabei zu lachen.

Jeden Tag entdecke ich weiterhin Wunderschönes in der Welt, seien es die Frostblumen am Fenster oder die lachsfarbene

Rose auf dem Küchentisch, die sich von Tag zu Tag weiter öffnet. Wer die Schönheit der Wirklichkeit übersieht, erstarrt. Wer die Zuversicht verliert, verliert. Das weiß jeder Fußballtrainer. Nie darf man aufgeben, denn nie weiß man, was passiert. Im Stillen hofft der Fußballer auf ein Quäntchen Glück. Und im Nachhinein wird er sagen: »Dieses Glück haben wir uns erarbeitet.«

Erarbeite ich aber mein Glück, indem ich den Kopf in den Sand stecke, genauer: in den schwarzen Spiegel? Würde John Lennon heute Prudence empfehlen, ihr exzessives Meditieren zu unterbrechen und herüberzukommen, weil der Akku geladen ist und das WLAN funktioniert? Was früher meine einsamen Wälder waren, ist heute das Display: der Rückzugsort. Eine unkomplizierte, auf mein persönliches Profil zugeschnittene Fluchtwelt. Alles glänzt dort, alles ist ohne Makel, eventuell hat es bewusst einen Gelbstich oder Retro-Look. Es lenkt mich ab. Es führt mich weg, weit weg, aber nirgendwo hin.

Was hatte ich mich als Kind auf Virtual-Reality-Brillen gefreut! Ich erträumte mir das Leben auf Knopfdruck. Auch das *Beamen*, wie es in *Raumschiff Enterprise* praktiziert wurde, war reizvoll. »Beam me up, Scotty!« – schon wäre ich auf einem Berggipfel oder dem Times Square gelandet. Doch es wirkte bei näherer Betrachtung ziemlich ungesund, sich de-materialisieren und re-materialisieren zu lassen. Ich befürchtete, irgendetwas würde schiefgehen und auf der Strecke bleiben. Besser einfach die VR-Brille aufsetzen. Zumindest eine 3D-Brille. Die Maske in Julian Roffmans B-Movie *The Mask* (*Eyes of Hell*) aus dem Jahr 1961, dem ersten Horrorfilm Kanadas.

Der Plot dieses Schwarz-Weiß-Streifens ist mit einem Satz erzählt: Ein schizophrener Psychiater besitzt eine mystische, altertümliche Stammesmaske und hat immer schlimmer werdende Visionen, wenn er sie aufsetzt, bis er schließlich ganz verrückt wird.

»Put the mask on now!« Dieser Befehl erschien auf der Leinwand, wenn die zwischen den wenigen Höhepunkten des Films liegenden Durststrecken überstanden waren. Gleichzeitig mit dem armen Psychiater griff dann der arme Zuschauer zur Farbfilterbrille, der *Magic Mystic Mask*. Sogleich wurden Ziegen geschlachtet, Jungfrauen geopfert, Untote erschienen. Jede Menge blutrünstiger, makabrer, archaischer Riten wurden abgehalten. Eine psychedelische, grauenerregende Welt, deren Teil man geworden war, offenbarte sich.

Der deutsche Bundespräsident spricht in seiner Weihnachtsansprache 2018 nicht von einer Maske, sondern von einer Blase, in die sich die Gesellschaft zurückziehe. In den sozialen Medien tauschen sich nur Gleichgesinnte untereinander aus, Hass und Wut stauen sich auf, die Leute verlernen es, miteinander zu diskutieren, einander zuzuhören und andere Meinungen zuzulassen. Die Demokratie sei in Gefahr. Ein ähnlicher, wenn auch nicht so Lovecraft'scher Horror wie unter Roffmans Stammesmaske ereignet sich.

Leider hört einem Bundespräsidenten, außer in Staatskrisen, kaum jemand zu. Auch ich schenkte in meiner Schulzeit weder dem Präsidentenporträt noch dem Kruzifix Bedeutung, das in unseren Klassenzimmern hing. Ich träumte von einer virtuellen Brille, die als Tor ins Reich der Wünsche diente. Der Disney-Film *Tron* (1982) mit seinen Avataren, die in computeranimierten Parallelwelten hanebüchene Abenteuer zu bestehen hatten, befeuerte meine Sehnsucht. Die gute alte Stammesmaske von Julian Roffman war nicht schlecht – billigem Horror und Trash war ich nicht abgeneigt –, aber eigentlich wünschte ich mir weit mehr von solch einem Ding. Es sollte mich auf Knopfdruck dorthin führen, wo immer ich es wünschte, in schrillste Fantasiewelten, in aufregendste Abenteuer, in futuristische Sportarenen, Rennstrecken oder in die Arme der schönsten Frauen, mit denen ich endlos Sex haben würde.

Leider funktionieren die VR-Brillen heute noch immer nicht zufriedenstellend. Viel Einbildung und Kompromissbereitschaft ist nötig, um sich damit in andere Existenzen zu katapultieren. Ich habe das Thema abgeschrieben und muss erkennen, dass uns heutzutage nicht eine wundersame Auswahl parallel funktionierender Welten zur Verfügung steht, sondern es vielmehr an beidem mangelt, an der wirklichen wie der virtuellen Realität.

Wahrscheinlich liegt die hinkende VR-Entwicklung daran, dass der moderne Mensch auch ohne Helm, Brille oder Maske ausreichend technisches Gerät vorfindet, um sich aus der Wirklichkeit zu verabschieden. Es ist bloß eine Frage der Gewohnheit. Anstatt des jähen Befehls »Put the mask on now!«, erreichte uns ein schleichendes Einsickern unaufhörlicher Parallelität.

Ich erinnere die frühen Smartphones Anfang der 2000er Jahre, mit deren kleinen, ausklappbaren QWERTZ-Tastaturen ich mich lange genug herumschlug. Geschäftsleute trugen ihr Blackberry bei sich oder bedienten das Sony Ericsson elegant mit einem Eingabestift. Ich weiß noch, wie unerträglich lange es dauerte, bis sich irgendeine Website auf dem Handy öffnen ließ. Denke ich zurück, kommt es mir vor, als spräche ich von einem vergangenen Jahrhundert. Doch tatsächlich spielte sich all das im letzten Jahrzehnt ab.

Die Einführung des iPhones 2007 änderte alles. Nicht nur für einen Freund von mir, der in den 1990er Jahren sein Geld in Apple-Aktien angelegt hatte und nun reich wurde. Unser aller Leben ist seitdem ein anderes. Das iPhone als Prototyp aktueller Smartphones prägte die gesamte gesellschaftliche Entwicklung auf tiefgreifende Weise. Seither bieten sich jedem, jeder und jeder wie auch immer ausgerichteten Gruppe von Menschen unaufhörliche Ersatzwelten an. Wo immer wir gehen, stehen, sitzen oder liegen, wir sind nie allein. Es gibt keine Langeweile mehr. Fantasie wird nicht länger gebraucht. Auch befinden wir uns immer weniger dort, wo wir uns eigentlich befinden, und immer seltener unter Menschen, die anderer Meinung sein könnten als wir. Wir können uns erlauben, das Andersartige auszublenden, weil wir im virtuellen Raum eine schier endlose Menge von Gleichartigem vorfinden. So schlitterten wir in eine Phase der Zivilisation, in der Wirklichkeit und Scheinwirklichkeit, Fakt und Fake praktisch gleichberechtigt nebeneinander existieren. Einen großen Teil unserer Lebenszeit verbringen wir heute nicht in eigentlichem Raum und Zeit, wo wir uns aufhalten, sondern in dematerialisierten Räumen. Doch die Welt auf dem Touchscreen ist nicht schöner als die erkennbare Wirklichkeit. So weit ist es noch nicht, zumindest in meinen Augen.

Manche sind anderer Meinung. Ich reise mit meinen Kindern durch Marokko. Es sind aufregende Fahrten über Land, über den Atlas, hinein in die größte Wüste der Welt. Geschächtete Ochsen liegen in Pfützen aus Blut am Straßenrand der kleinen Dörfer, wo wir Essbares suchen. Die meisten Tankstellen haben geschlossen, sodass ich bei jedem Abhang auskupple und das Auto rollen lasse, um Benzin zu sparen. Schließlich reiten wir auf Kamelen eines fast zahnlosen Bauers über Dünen hinweg, bis die Welt nur noch aus Sandkörnern und Myriaden von Sternenlichtern besteht. Meine Kinder wirken wenig beeindruckt. Erst als sie die Fotos betrachten, die sie mit ihren Handys geschossen haben, sind sie entzückt. Wow! Das sieht ja irre aus! Fantastisch! Niemand will mitkommen, als ich um fünf Uhr am nächsten Morgen aufstehe, um auf die höchste Sanddüne der Umgebung zu klettern und den Sonnenaufgang zu bestaunen. Ich soll doch Fotos machen, wird mir gesagt.

Auch ein Freund von mir, ein Programmierer in München, der sich mit Nullen und Einsen besser auskennt als die meisten anderen, sieht jeden Morgen den Sonnenaufgang. Stets um dieselbe Uhrzeit und in derselben Intensität. Er kann sich auf das Sunrise-Weckprogramm verlassen, mit dem ihn sein Laptop sanft aus dem Schlaf holt. Eine Viertelstunde lang dauert es, bis sich der schwarze Bildschirm in einen strahlenden Tag verwandelt und bis die Musik aus den Lautsprechern von anfänglich fast unhörbarem Vogelgezwitscher in belebende Frühstückssounds übergehen.

Die Abbildung der Wirklichkeit ist schicker als die Wirklichkeit selbst. Vor allem so viel praktischer. Sich mit Reproduktionen des Schönen zu umgeben, ist unvergleichlich einfacher, als sich ihm direkt auszuliefern. Den digitalen Sonnenaufgang muss ich nicht fürchten. Es ist immer ein Abstand zwischen ihm und mir. Ich behalte die Kontrolle. Der Moment hingegen, als mich, allein auf der Sanddüne stehend, allein, so weit das Auge reichte, die aufgehende Saharasonne in ekstatische Erregung versetzte; er verging so schnell, wie er gekommen war. Eine Stunde lang hatte ich mich durch Dunkelheit und Kälte zu jenem sandigen Aussichtspunkt vorgekämpft. Wenige Minuten später wurde es unerträglich heiß. Die atemberaubende Schönheit, der eine Mühsal vorausgegangen war, ging binnen kurzer

Zeit in eine Lebensfeindlichkeit über. Ich musste zusehen, dass ich zurück zum Zeltlager, zurück zu den Kamelen kam. Ohne sie würde ich den Tag hier nicht überleben.

Auch in den Tiroler Alpen ist das Schöne kaum dauerhafter. Ich pausiere während einer Wanderung an einem geeigneten Felsblock, betrachte zufrieden die Bergkuppen, Schluchten, Wasserfälle, die in meinem Sichtfeld liegen. Gehe ich nur drei Minuten weiter, werden mir betonierte Trassen, Skilifte und gerodete Pisten jede Illusion zerstören.

Als ich Ende der 1980er Jahre als Musiker meine erste Tournee in Frankreich unternahm, wurde mir nach einem Konzert in Poitiers die sexyeste Frau vorgestellt, die ich mir ausmalen hätte können. Dieses Groupie, das vor mir stand und mich verführerisch anlächelte, war ein fleischgewordener Männertraum. Doch als dieser Traum mit mir zu reden begann, klaffte plötzlich eine gigantische Leere vor mir auf, und sämtlicher Reiz fiel wie ein Kartenhaus in sich zusammen.

In der Wirklichkeit hat überwältigende Attraktivität nur selten lang Bestand. In der Virtualität hingegen könnte ich dem Groupie eine andere Stimme, einen anderen Intellekt geben oder die Liftanlagen im Bergterrain retuschieren. Es ist nicht verwunderlich, dass wir zunehmend eine Künstlichkeit dem gegenüber bevorzugen, was die Wirklichkeit zu bieten hat.

In der Stuttgarter Straßenbahn sitzt, während ich durch das öde Brachland transportiert werde, das den Norden der Stadt ausmacht, mir gegenüber eine Frau mittleren Alters. Ungeniert spricht sie in ihr Handy. In kultiviertem Schwäbisch schwärmt sie vom Urlaub in Spanien. Eine wunderbare Hotelanlage, ein herrlicher Strand sei es gewesen, alles vollkommen künstlich angelegt. Alles neu, sauber, nicht so schlampig, wie es die Spanier normalerweise machten. Nirgends das kleinste Gestrüpp, kein Unrat, kein Kiesel im Weg, an dem man sich hätte verletzen können. Vom Infinity Pool aus fühlte man sich wie im Meer, nur ohne das klebrige Salz und ohne gefährliche Strömungen. Man sah das Meer zwar, aber störte sich nicht an seinem Rauschen, weil überall Glaswände errichtet waren, um den Lärm der Dünung abzufangen.

»Ein Traum, ich sage es dir. Alles künstlich. Da fahren wir nächstes Jahr auf jeden Fall wieder hin.«

Ein Freund in Vorarlberg vermietet eine Ferienwohnung, die ihres schönen Ausblicks wegen bei Gästen sehr beliebt ist. Nur leider ist eine Kuhwiese in der Nähe. Sobald dort Kühe grasen, häufen sich bei meinem Freund die Lärmbeschwerden. Gäste reisen verfrüht ab, weil sie den Urlaub bei all dem Kuhglockengebimmel nicht genießen können. Auch große deutsche Reiseanbieter müssen immer wieder verärgerte Kunden entschädigen, denen die Grillen in Südfrankreich den Schlaf rauben.

Anfang 2017 zog das US-Außenministerium 17 Angehörige der US-Botschaft in Havanna ab, wies kubanische Botschaftsmitarbeiter aus den USA aus und fuhr die diplomatischen Beziehungen zu Kuba herunter. Amerikanische Botschaftsangehörige hätten »Gehirnverletzungen« erlitten, weil sie Schallangriffen einer neuartigen Akustikwaffe ausgesetzt waren. Die Diplomaten klagten über Kopfweh, Ohrenschmerzen, Müdigkeit, Schwindel, Tinnitus, Sehstörungen, sogar Gehschwierigkeiten. Sie führten es auf mysteriöse Geräusche zurück, denen sie nicht nur innerhalb der Botschaft, sondern auch in ihren Autos zum Opfer fielen. Die Rede war von einem »Trauma nicht-natürlicher Herkunft«, Außenminister Tillerson sprach von »gezielten Angriffen«. Auch wurden Überlegungen laut, dass die US-Konsulate mit modernen Ultraschallgeräten abgehört würden, die die seltsamen, krankmachenden Geräusche verursachten. Knapp zwei Jahre dauerte es, bis die wissenschaftlichen Untersuchungen, die eingeleitet wurden, zu einem Ergebnis kamen: Die feindseligen Schall-Attacken stammten von Grillen, die ganz natürlich in der Umgebung der Botschaft vorkommen. Analysen der Tonaufzeichnungen belegten einwandfrei, dass es sich um das Zirpen der Indischen Kurzschwanzgrille handelte, die in Kuba heimisch ist.

Auch ich war in Indonesien derartigem Akustik-Terror ausgesetzt. Mehr als einmal hatte ich das Pech, zur Paarungszeit in der Nähe eines Froschteichs untergebracht zu sein. Die Froschmännchen quaken in der Lautstärke eines Presslufthammers, ohne Unterlass. Es ist nicht auszuhalten.

Die Wirklichkeit auf unserem Planeten ist manchmal kaum zumutbar. An bestimmten Orten ist sie noch härter hinzunehmen als an anderen. Weit unten auf der Erträglichkeitsskala liegt Delhi.

Die Hauptstadt Indiens ist ein Spießrutenlauf durch sämtliche Unannehmlichkeiten, die ein Mensch sich unter seinesgleichen vorstellen kann. Frösche habe ich in Alt-Delhi nicht quaken gehört, auch die Kühe, die hin und wieder den Verkehr zum Erliegen bringen, tragen keine Glocken. Doch alles andere Vor- und Unvorstellbare drängt sich dicht an dicht in dieser Stadt. Ich weiß nicht, wie viele Tote ich in den Straßen und Gassen Delhis gesehen habe. Zwischen Müll und Unrat, auf jedem Vorsprung, jedem ausgetrockneten und von Erde und Schutt bedeckten Rasenrest, in Pfützen aus Benzin, überall liegen Hunde und Menschen herum, die vielleicht schon tot, vielleicht aber noch lebendig sind.

Der knochige Mann, der fast nackt im Rinnsal unter der Vorderachse eines verrosteten, vielleicht seit Monaten an jenem Straßenrand abgestellten Lastwagens eingeschlafen war. Schlief er hier schon wochenlang und würde nie mehr wieder erwachen? Alles in Delhi ist grenzenlos, alles im Übergang. Die Ausmaße der Stadt, die Einwohnerzahl, nichts ist klar manifestiert. Das Lebendige geht fließend ins Sterbende über. Und über das Gestorbene hinweg drängt sich bereits das neue Leben, und dieses Neue trägt wiederum von vornherein den Fluch des Alten in sich. Alles bricht in einem fort in sich zusammen und stellt sich neu wieder auf. Was schief ist, muss fallen, und alles ist schief an diesem Ort. Es gibt keine zweite Stadt auf der Erde, die täglich so unabdinglich zu Staub zerfällt und zugleich so schmetternd von den Toten aufersteht wie Delhi. Es ist beides zugleich, düsterste Zukunftsvision und tiefstes Mittelalter, ein

Ort, der die Dimensionen von Raum und Zeit sprengt. Delhi ist eine Warnung an die Menschheit. So weit kann es kommen. Das Wasser aus dem Wasserhahn ist warm und rostig-braun. Ich will so wenig wie möglich damit in Berührung kommen. Das Atmen hinterlässt einen bitteren, metallischen Geschmack im Rachen. Und dennoch ist Delhi das pralle Leben. Europäische Städte wirken vergleichsweise ausgestorben. Ich kann keinen Schritt auf der Straße tun, ohne von irgendjemandem bedrängt zu werden.

Nur 230 Kilometer nördlich von Delhi schrieb John Lennon seinen Song für Prudence Farrow. Komm heraus, versteck dich nicht, *it's beautiful!*

Vielleicht litt Prudence weniger an Depressionen, sondern hatte einfach Angst davor, sich diesem wirklichen Leben zu stellen, das draußen auf sie wartete? Lieber transzendierte sie, als dort hineinzutreten. Vielleicht war der heilige Fluss Ganges, an dessen Ufer Rishikesh liegt, bereits in jenen Tagen eine furchterregende, stinkende, schäumende Brühe? Das Dasein musste schon damals ein erschreckendes Spektakel gewesen sein, auch wenn Indien heute nahezu dreimal so viele Einwohner hat wie in den 1960er Jahren. Trat Prudence aus ihrem Meditationsraum heraus und blickte sie den Tatsachen in die Augen, musste sie das Menschsein als kolossale Überforderung erleben. Das war vor 50 Jahren nicht anders als heute.

3 DIE HYPERVENTILIERENDE GESELLSCHAFT

Während Prudence mit dem Gedanken spielte, für immer ausgestiegen zu bleiben und nie wieder einen Fuß zurück in die Gesellschaft zu setzen, während John Lennon die Gitarre zur Hand nahm und die Fingerpicking-Techniken übte, die ihm Donovan beigebracht hatte, der ebenfalls nach Indien mitgereist war, saß 7000 Kilometer davon entfernt ein französischer Freidenker barfuß an seinem Schreibtisch und beschrieb eine Gesellschaftsordnung, die erbarmungslos begonnen hatte, die Welt aufzufressen, als Gesellschaft des Spektakels. Guy Debord hatte eine weitgehend unbekannt gebliebene, anti-kapitalistische Gruppe gegründet, die Situationisten. Nun verfasste er das situationistische Manifest, *La societé du spectacle*.

Das ganze Leben der Gesellschaften, in welchen die modernen Produktionsbedingungen herrschen, erscheint als eine ungeheure Sammlung von Spektakeln. Alles, was unmittelbar erlebt wurde, ist in eine Vorstellung entwichen.

Schon 1967 erkannte Debord die Entfremdung des Menschen von der Wirklichkeit und von sich selbst sowie jene Schamlosigkeit und Gier, die heute viele Bereiche der Gesellschaft durchsetzen. *Das Spektakel will es zu nichts anderem bringen als zu sich selbst*, hielt er fest.

Das hat sich seither nicht geändert, im Gegenteil. Als Folge von Casting- und Reality-Shows haben die Schamlosesten heute die obersten Plätze der gesellschaftlichen Hierarchie errungen. Trump ist nicht aufgrund seiner Kompetenz nach oben gekommen, sondern weil ihm nichts peinlich ist. Mit »The Apprentice«, einer extrem erfolgreichen Fernsehshow, die er moderierte, ebnete er seinen Weg zum 45. Präsidenten der Vereinigten Staaten von Amerika. Er ist ein Star. Die Gesellschaften, jene der Situationisten Ende der 1960er Jahre als auch jene, die wir heute erleben, verlangen nach Menschen wie ihm. Menschen, deren Erfolgsrezept es ist, sich unentwegt zu entblößen. Sie sind Durchschnittsmenschen und Identifikationsfiguren zugleich, sie stechen zwar aus der Masse heraus, weil sie besonders lustig, vorlaut, unverfroren, ungehemmt sind, bleiben aber ebenso ein Teil von ihr. Niemand erstarrt in Ehrfurcht vor Trumps Meisterschaft. Er steht nicht über seinen Wählern. Er ist intellektuell keiner breiten Masse enthoben, aber er versteht es aufzufallen. Die Menschen lachen über ihn, seine Einfältigkeit, sein oranges Haar, und machen ihn zum mächtigsten Mann der Welt.

Trump ist bei Weitem nicht der einzige Narzisst und Populist, der 2019 Regierungsgeschäfte führt. In Österreich, in Europa, weltweit finden sich Regierende seinesgleichen. Das globale Demokratiebarometer zeigt, wie einst vollständige zu unvollständigen, illiberalen Demokratien werden, während die Zahl sogenannter Hybridregime und autoritär geführter Staaten zunimmt. In Österreich, das in Demokratie-Rankings von Jahr zu Jahr abrutscht, lässt sich während der türkis-blauen Regierungsphase mitverfolgen, wie demokratische Prozesse in Frage gestellt, unterwandert, hintergangen werden. Ein Wandel ist spürbar. Doch noch ist nicht entschieden, wohin er führt. Weiterhin wird auf Krisen beharrt: Flüchtlingskrisen, Wirtschaftskrisen, Krisen der Demokratie, Krisen der EU. *Eine Krise besteht darin, dass das Alte stirbt und das Neue nicht geboren werden kann.*

Das hielt der italienische Intellektuelle Antonio Gramsci bereits in den frühen 1930er Jahren in den berühmten Gefängnisheften fest, die er während seiner langen Haftjahre unter der faschistischen Diktatur verfasste. Doch wo und wie kann »das Neue« heute geboren werden? Für Utopien und Visionen, die wir benötigen, um als Menschheit voranzukommen, braucht es kreative Menschen, Wissenschaftler, Künstler, Avantgardisten, Querdenker, Spintisierer, Freaks, Nerds, Philosophen, Nonkonformisten. Genau denen aber wird das Leben schwer gemacht. Ihnen wird zu wenig Zeit und Platz zum Nachdenken gegeben, zu wenige Plattformen werden ihnen bereitgestellt, um sich zu Wort zu melden. Sie müssen dem Geschehen nachhecheln anstatt vorneweg zu visionieren. Ein großer Teil der Bevölkerung fordert das Gegenteil von Zukunftsträumen: das »Bewährte«. Das Gestern, nicht das Morgen. Dies verführt so manchen um Wählerstimmen buhlenden Politiker, in Posts und Tweets hochkomplexes Weltgeschehen auf die einfachsten, unhaltbarsten Formeln herunterzubrechen. Fakten werden durch Launen ersetzt, Mutmaßungen treten an die Stelle von Tatsachen. Die Wahrheit wird gar nicht angestrebt, stattdessen das Spektakel.

Das Spektakel ist die ununterbrochene Rede, ihr lobender Monolog.

Fünfzig Jahre, nachdem Debord sein Manifest veröffentlicht hat, lesen wir es als hochaktuelle Schrift.

Die Wurzeln dieser Entwicklung liegen laut Debord in der fortschreitenden *Herrschaft der Wirtschaft über das gesellschaftliche Leben*. In drei Stufen hat sich der Mensch als bewusstes, zivilisiertes, kultiviertes und an sich lernfähiges Wesen selbst degradiert, vom *Sein* hinunter zum *Haben* und schließlich zum *Scheinen*, unserem gegenwärtigen Zustand. Anders ausgedrückt: vom Existieren zum Verlangen zum Simulieren. Wir simulieren unser Dasein, verlassen eine Wirklichkeit, die uns direkt umgibt, und retten uns in Scheinwelten, in denen wir alles sein, tun und sagen können, was die Wirklichkeit nicht erlaubt. Der Mensch ist vom bewussten Lebewesen zum Konsumwesen und nun Avatar geworden. Was ihn umgibt, ist Ware, die er besitzen will, Spektakel, das er nicht verpassen will, und eine unüberschaubare Masse, in der er gleichzeitig untertauchen wie auf sich aufmerksam machen will. In der unmittelbaren Wirklichkeit ist er so wenig wie möglich präsent, als wäre sie unerträglich.

Das Smartphone ist unser digitaler Schnuller. Ohne ihn würden wir viel mehr quengeln und schreien. Sitze ich in der Wiener U-Bahn und würde nicht selbst auf dem Display herumwischen, wäre ich der Einzige im ganzen Waggon, der nicht auf sein Handy starrt. Allein im letzten Jahr ist der mobile Datenverbrauch in Österreich um 60 Prozent gestiegen. Diese Zahl verdeutlicht, wie wir die Wirklichkeit aus Nullen und Einsen der unausweichlichen vorziehen, mit der wir konfrontiert sind. *In der wirklich verkehrten Welt ist das Wahre ein Moment des Falschen*, benannte Debord diesen Umstand, als wäre er fünfzig Jahre in der Zukunft neben mir in der U-Bahn gesessen. Es war schon in den 1960er Jahren ersichtlich, wie sich der Mensch zum Zuschauer des Menschseins machte und als solcher sich von sich selbst entfernte. *Je mehr er zuschaut, umso weniger lebt er. Je mehr er sich in den herrschenden Bildern des Bedürfnisses wiederzuerkennen akzeptiert, umso weniger versteht er seine eigene Existenz und seine eigene Begierde.*

Um die Durchschnittlichkeit und das Ausgehöhlte seines Seins aufregend zu machen und als Individuum mehr darzustellen, als er in Wirklichkeit ist, füllt der Mensch sein Leben mit künstlicher Aufregung. Alles, was in seinem Land, auf seinem Kontinent, auf seiner Erdkugel, in seinem Universum geschieht, begreift er als Sensation. Jeder Wind, der übers Land weht, wird ein Jahrhundertsturm. Jeder Regen eine Flut. Jede Tätlichkeit erscheint als terroristischer Akt. Hat einer gar nichts aus seinem Alltag zu berichten, fotografiert er das Marmeladebrot, das er geschmiert hat, und kann sich sicher sein, dafür gelobt zu werden. Jedes noch so gewöhnliche Ereignis wird zum Schauspiel, jeder noch so Gewöhnliche zum Darsteller. Suchen wir Anerkennung, machen wir hundert Schritte einen Hügel aufwärts und erhalten dafür Lob von unserer Smartwatch. Was uns gefällt, betrachten wir nicht, sondern teilen wir mit unserem Netzwerk. Wir sind andauernd anwesend und abwesend zugleich. Wir werden ständig stimuliert und stimulieren ständig. Wir sind süchtig nach Lob und Spektakel. Wir sind eine Gesellschaft, die hyperventiliert.

Das Spektakel ist der Moment, in welchem die Ware zur völligen Beschlagnahme des gesellschaftlichen Lebens gelangt ist. Debord konnte nichts von der heutigen dauernden Vernetzung wissen. Er kannte nicht Segen und Fluch unserer technischen Errungenschaften. Dennoch bezeichnete er die *Massenkommunikationsmittel als erdrückendste Oberflächenerscheinung* des Spektakels. Er erkannte sie, ohne sie kennen zu können, als Mittel der Macht, Mittel der Überwachung, Mittel der Unterdrückung, und zwar dann, *wenn die gesellschaftlichen Bedürfnisse der Epoche, in der sich solche Techniken entwickeln, nur durch die Vermittlung dieser Techniken befriedigt werden und die Verwaltung dieser Gesellschaft sowie jeder Kontakt*

*zwischen den Menschen nur mittels dieser Macht augenblick-
licher Kommunikation stattfinden. Das Modernste* wäre somit
auch das Archaischste, schloss Debord.

Er stellte all dies nüchtern anklagend fest. Lösungsmöglich-
keiten bot er keine an. Merci bien, monsieur Debord!

Seine Gesellschaftskritik kann uns heute deprimieren, weil wir
die in ihr beschriebene Entwicklung bislang nicht abwenden
konnten. Doch wir können sie auch anders lesen: Vor fünfzig
Jahren war es nicht besser. Schon damals hatten Zeitgenossen,
die sich bewusst der Gegenwart stellten, die gleichen düsteren
Gedanken wie heute. Auch wenn wir das Dasein nicht ins Posi-
tive wandeln konnten, so gibt es uns trotzdem noch, und die
Welt ist, im Ganzen betrachtet, kein schlechterer Ort als gestern.
Wie in den 1960er Jahren ist viel zu beklagen, viel zu tun, viel zu
ändern, und wie damals besteht die Möglichkeit, dass sich die
Gegebenheiten bessern. Nur weil seit Debord nichts gewonnen
ist, ist auch nicht alles verloren. Manchem Nostalgiker mögen
die *Roaring Sixties* als bessere Zeit erscheinen als jene, die wir
durchleben; Debord aber straft uns Lügen, wenn wir so denken.

Er entlarvt uns als Gestrige, ähnlich den »Ewig-Gestrigen«, auf die wir mit dem Finger zeigen. Debord weist uns zurecht. Er beweist: Schon früher lief vieles aus dem Ruder.

Ich bin ein Kind meiner Zeit, wie Debord eines seiner Zeit war. In dem Jahr, in dem ich geboren wurde, saß Debord in der Pariser Métro und beklagte, was er zu sehen bekam. Ich tue es ihm heute in der Wiener U-Bahn gleich. In fünfzig Jahren werden Menschen wie er und ich mit ihrer Umgebung ähnlich unzufrieden sein, wie er und ich es waren. Das ist gut und wichtig. Die Unzufriedenheit mit den aktuellen Umständen ist eine Notwendigkeit.

Schon Karl Marx bezeichnete die Demokratie als *Regime der Unruhe*. Ihre Diskurse werden auf öffentlichen Bühnen ausgetragen, nicht hinter geschlossenen Türen der Parteibüros oder Zentralkomitees. Die Öffentlichkeit erregt, empört sich, diskutiert lauthals mit. Alles wird in Frage gestellt. Demokratie nährt sich von Meinungsunterschieden, Meinungsäußerungen, sie lebt vom Widerspruch, sie kann nie einwandfrei sein. Sie kann nur eines Tages ganz verschwinden – doch das sollte sich niemand von uns wünschen, auch die Populisten nicht, die es verstehen, sich ihre Schwachstellen zunutze zu machen. Soziale Ungerechtigkeiten, Unsicherheiten und ein bewusst geschaffenes Bildungsgefälle beeinträchtigen demokratische Prozesse. Auch der technische Fortschritt hat keinen Fortschritt der Demokratie gebracht, sondern dient autoritären Überwachungsmechanismen und bietet neue Möglichkeiten der Manipulation. Noch immer aber ist in den meisten westlichen Staaten die freie Entfaltung des Einzelnen möglich. Im Vergleich zu China oder Saudi-Arabien beispielsweise herrscht Bewegungsfreiheit, Meinungsfreiheit, Pressefreiheit. Ich will Freiheit hier nicht als Freibrief definieren, einfach alles haben und tun zu können, sondern als Möglichkeit, etwas nicht zu wollen, das Angebot abzulehnen, die Zwangsherrschaft des Konsums zu verweigern, kurzum: aus der von Debord skizzierten Gesellschaft des Spektakels, die bis heute Bestand und zu hyperventilieren begonnen hat, auszutreten. Endlich zu sagen: Nein. Ohne mich. Mir steht die Wahl offen. Ich muss nicht hinfließen, wo alles hinzufließen scheint, muss nicht zurück in Schergenjahre gehen, sondern kann ebenso gut die noch ungeschriebene Zukunft betreten. *To boldly go where no man has gone before!* Wie Captain Kirk und seine Crew kann ich auf eine Reise ins Unbekannte aufbrechen.

Es macht Spaß, die Zukunft als großes Fragezeichen anzusehen, das nicht Angst einjagt, sondern die Neugier anregt. Als Schriftsteller bin ich ohnehin neugierig. Ich war es schon immer. Die meisten Kinder sind es, bis ihnen die Neugier ausgetrieben wird. Auch war ich schon immer abenteuerlustig, obwohl ich sehr feige bin. Neben Hunden und Haien habe ich noch vor vielem anderen Angst, vor Serienmördern im Lift etwa, vor absoluter Dunkelheit, vor der Idee, lebendig begraben zu werden, oder vor dem Mottenmann. Vor dem Abenteuer Zukunft aber will ich mich nicht fürchten, sonst wäre jeder Tag auf Erden eine Qual.

Der Situationismus der 1960er Jahre bestärkt das Drängen, endlich ab- und aufzubrechen. Er macht nicht Angst, sondern Lust auf Veränderung. So lange hat sich nichts getan. Debord hat in seiner Klageschrift die Dinge benannt. An uns liegt es, sie zu verändern. Debord hat die Gesellschaft des Spektakels beschrieben, nun können wir uns von ihr abwenden. Nur wie, zum Teufel? Im Rausch der Sensationen ging so viel kaputt, so viel verloren, vor allem so viel Fantasie. Das wäre, was wir am dringendsten benötigen: die utopische Gegenerzählung. Sie kann nur entstehen, wenn wir wieder Leerraum im Leben finden.

Die Akzelerationisten wiederum behaupten, dass der Kapitalismus alle Mittel und den Drang zur Selbstzerstörung bereits in sich trage und man ihn, weil er nicht zu stoppen sei, beschleunigen solle, um den Kollaps so schnell wie möglich herbeizuführen. Das ist ein logischer Gedanke. Doch ein äußerst grausamer.

Treten wir stattdessen auf die Bremse. Verlangsamen wir die Zeit. Es ist ebenso aufregend, nichts zu tun, als alles gleichzeitig zu tun. *Dolce far niente!* Der Mensch ist nicht bloß Hysteriker, er trägt auch Gelassenheit in sich. Und aus einer Ruhe heraus fällt es ihm leichter als inmitten der Hyperventilation, Entscheidungen zu treffen. Als Einzelne wie als Gesellschaft müssen und wollen wir herunterschalten, darüber sind sich inzwischen fast alle einig. Und doch tun wir es viel zu wenig. Denn es ist viel leichter gesagt als getan. Weil wir noch immer in den Tagen des Spektakels feststecken.

Diese Tage aber sind gezählt. So oder so wird es zu einem Ende kommen, im Sinne der Akzelerationisten oder auf ganz anderem Weg. Die Möglichkeiten des Zusammenbruchs sind mannigfaltig, wie im vorigen Kapitel erwähnt. Superreiche in den USA planen bereits ihre Arche Noah, ein exklusives Raumschiff, das eine kleine Elite der Gesellschaft in Sicherheit bringen soll, sollte unsere Erde unrettbar verloren gehen. Bis es aber tatsächlich so weit ist, gebe ich die Hoffnung auf Läuterung der Spezies Mensch nicht auf. Denn auch das lerne ich von Debord: Pessimismus, der die Dinge nur anprangert, führt nicht weiter.

Noch haben wir nicht alles gegen die Wand gefahren. Auch Alexander Gerst sagt in seiner Videobotschaft von der ISS, dass es allerhöchste Zeit, aber noch nicht zu spät für ein Umdenken sei. Ich will ihm glauben. Was sonst bleibt mir übrig?

Ich halte also an, ich steige aus, ich schaue, wo ich Schönes finde und lasse mich hiervon leiten, vom Schönen in mir und vom Schönen dort draußen. Und irgendwann ist Debords Spektakel womöglich Geschichte, abgehakt, gestern gewesen, überstanden. Sein Lamento ist dann eine Warnung gewesen, keine Prophezeiung.

4 ZEITREISEN

Wie sich die Wahrnehmung ändert, sobald man krank wird! Ein grippaler Infekt, und die Welt sieht anders aus. Prioritäten verrutschen. Die Auffassung der Wirklichkeit verschiebt sich. Die Welt da draußen interessiert mich nicht länger, ich kann mich nicht auf sie konzentrieren, denn ich bin mit mir selber ausgelastet. Das Schmerzen meiner Glieder ist dominanter als jedes Weltgeschehen. Der Husten, das unaufhörliche Schnäuzen, die lähmende Trägheit, es lenkt mich von allem anderen ab. Ich rutsche in eine Parallelexistenz. Weder bin ich noch ich, noch ist meine Umgebung meine Umgebung.

Ich fröstle. Mit Fieber gelingt die Abspaltung vom wirklichen Dasein noch viel besser. Ich benötige weder Masken, Brillen, Drogen noch die von Debord prognostizierten Kommunikationsmittel, um mich vom Leben zu entfremden.

Die echte Grippe hatte ich einmal. Seither lasse ich mich dagegen impfen, soweit es möglich ist.

Während einer Residency in Sri Lanka 2017 holte ich mir das Dengue-Fieber. Meine Unterkunft hatte keine Klimaanlage. Mit fast vierzig Grad Fieber meinte ich, in der schwülen Dauerhitze dieser tropischen Insel sterben zu müssen. Also brach ich mit zittrigen Beinen auf, um mich mit Tuk-Tuks und dem zu unbestimmbaren Zeiten verkehrenden Pendlerzug bis nach Colombo durchzuschlagen, wo Chitra, eine befreundete Yoga-Lehrerin, ein kleines Penthouse besaß und saubere, klimatisierte Zimmer vermietete.

Ich wusste, ich musste es irgendwie zu ihr schaffen, sonst würde ich nicht überleben.

Am Bahnsteig in Ambalangoda lümmelte ich stundenlang auf einem Plastiksitz herum, wo es einigermaßen schattig und dennoch unerträglich heiß war. Mir schwindelte.

Irgendwann kommt der Zug. Ein rostiges Eisenmonster. Dicker, beißender Rauch quillt aus der Lokomotive. Ich dränge mich mit letzter Kraft in den Waggon hinein. Kaum gelingt es mir, denn Menschen hängen in Trauben aus den geöffneten Türen und Fenstern. Irgendwie werde ich mitten hineingeschoben und lande auf dem Boden. Ich sinke in mich zusammen. Eingepfercht zwischen großteils nackten Füßen bleibe ich kauernd liegen und ergebe mich.

Quälend lange bleibt der Zug am Bahnhof stehen. Nichts tut sich. Die erschöpften, überhitzten, schweißnassen Passagiere über mir wechseln kein Wort miteinander. Niemand hat die Kraft dazu. Die Leute lehnen aneinander. Kein einziger der Ventilatoren, die wie ausgediente Relikte an der Decke angebracht sind, dreht sich. Hin und wieder weht ein wenig Qualm von der Dampflok herein, ansonsten steht die Luft, als wäre sie dickflüssig geworden zwischen uns allen.

Mich überkommt eine kurze Euphorie, als der Zug endlich Fahrt aufnimmt. Nun rattert und wackelt es und ein höllischer Lärm macht sich breit, aber wenigstens erreicht ein wenig Zugluft sogar mich, dieses elende Häuflein auf dem Boden. In drei, vier, fünf oder sechs Stunden werde ich in Colombo ankommen, sage ich mir vor. Nur diese paar Stunden muss ich überstehen. Teilweise verliere ich fast die Besinnung.

Irgendwann später, durchgerüttelt und so schwach, wie ich es vielleicht noch nie in meinem Leben war, erblicke ich durch all die Beine hindurch etwa zwei Meter vor mir ein Kind, das auf dem Schoß seiner ebenfalls auf dem Boden hockenden Mutter dahindämmert. Ein wunderhübsches Mädchen. Ein Engel mit glasigen Augen. Erschöpft blickt dieses schönste Menschenkind, das ich je zu Gesicht bekommen habe, zu mir zurück, durch mich hindurch.

»She sick«, gibt mir ihre Mutter zu verstehen.

»Me too«, sage ich.

Die Frau nickt. Ich spüre eine unfassbare Verbundenheit zu ihr und ihrem fiebernden Engel. Ich weiß, sie würde mich wie ihre Tochter nicht sterben lassen. Im selben Augenblick erkenne ich einen Lebenswillen in mir, dessen ich mir noch nie bewusst war. Plötzlich spüre ich das nackte Leben, das Überleben, das Weiterleben, in all seiner Wirklichkeit. Ich darf mich nicht länger hängen lassen. Darf nicht kollabieren. Ich will nicht, dass es aus ist mit mir.

Als mir Chitra am Abend desselben Tages dann endlich die Tür zu ihrem Penthouse öffnet, breche ich vor Erleichterung zusammen.

»You saved my life«, sage ich.

Chitra lächelt.

Am nächsten Tag drückt mir ein Medikamenten-Händler in einer staubigen Seitengasse fünf kugelrunde, rosarote Tabletten lose in die Hand. Das soll ich nehmen, meint er. Dann wird es mir besser gehen. Ich gebe ihm die umgerechnet 80 Cent, die er verlangt.

Nach drei Tagen geht es mir besser.

Manchmal frage ich meinen inzwischen volljährigen Sohn, ob er krank sei. Er kommt hin und wieder den ganzen Tag nicht aus dem Bett. Etliche Stunden täglich verbringt er mit seinem Handy. Er bereist in einem fort die ganze Welt und muss hierfür das Zimmer nicht verlassen. Ich beneide und bemitleide ihn gleichermaßen.

In unserer Wohnung ist es meist absolut still, obwohl zwei Teenager in den Zimmern neben mir hausen. Meine Tochter nenne ich manchmal »Hikikomori«, in Anlehnung an die japanischen Jugendlichen, die aus Angst vor der Wirklichkeit teilweise jahrelang nicht mehr aus ihren Zimmern gehen. Sie fürchten den Kontakt zur Welt mehr als alles andere und graben sich ein. Meine Tochter lacht. Sie versteht »Hikikomori« als Kompliment. Dann wendet sie sich wieder ihrer Lektüre zu, den Leiden des jungen Werther. Sie ist fasziniert von diesem Buch. »Kein Wunder, dass sich nach diesem Roman so viele umgebracht haben«, sagt sie.

Bei mir war es andersrum. Ich las als Jugendlicher höchstens Comics und produzierte so viel Lärm, dass es kein Erwachsener mit mir aushielt. Es war eine Strafe, einen Tag mit dem pubertierenden Hans Platzgumer zu verbringen. Kein noch so strenges »Johann!« brachte mich ab einem gewissen Alter zur Vernunft. Meine Kinder hingegen sind ein Geschenk. Ich liebe sie wie sonst nichts auf der Welt. Ich kann bereichernde Gespräche mit ihnen führen. Sie wissen so viel mehr, als ich damals wusste. Sie kennen alles außer der Langeweile.

Wie konnten wir überhaupt leben ohne Internet und Handy, in diesen grauen Vorzeiten, in die ich hineingeboren wurde? Die Weltbevölkerung maß dreieinhalb Milliarden Einwohner – heute sind es mehr als doppelt so viele. Die Lebenserwartung in Österreich betrug 70 Jahre – heute liegt sie 15 Prozent höher. Die Alten saßen nicht auf E-Bikes, sondern im Schaukelstuhl. Ging ein Mensch damals hinaus auf die Straße, in den Wald oder überhaupt in die weite Welt, war er augenblicklich außer Reichweite, verloren. Die ganze Welt war ein Funkloch. Meine

16-jährige Tochter wünscht sich, in diese Zeit geboren worden zu sein. »Aber nur«, fügt sie hinzu, »wenn es schon WLAN gegeben hätte.«

Vor etwas über zwanzig Jahren wohnte ich in Hamburg und saß, wie jede Nacht, mit Freunden vor dem Golden Pudel Club. Einer dieser Freunde war besonders technikaffin und präsentierte stolz ein schwarzes, klobiges, nahezu brutal anmutendes Gerät, mit dem er scheinbar überall telefonieren konnte. Wir ließen es durch die Runde gehen, beneideten ihn kaum, schüttelten eher den Kopf über die Unkosten, die ihm mit jedem Anruf entstanden. Gut und gerne hätte er es in der Elbe versenken können. Ich weiß noch, wie er gekränkt aufstand und den Tisch verließ, weil er mit uns altmodischen Banausen nicht länger zusammenhocken wollte. Dass er sogar *simsen* konnte, wollte niemand hören.

Keine zehn Jahre später lebte ich in München und arbeitete in einem Techno-Plattenladen, wo sich Elektronik-Nerds die Klinke in die Hand gaben. Eines Tages kam einer der Stammgäste, ein Resident-Deejay in einem Club im Kunstpark-Ost-Vergnügungsviertel, und teilte mit, was er gerade Superpraktisches entdeckt hatte.

»Eine Suchmaschine, mit der du in kürzester Zeit das ganze weltweite Netz durchstöberst. Keine Minute und du hast tausende Ergebnisse!«

»Wie heißt das Ding?«

»Google.«

»Wie?«

»Google. Komischer Name, ich weiß. Aber echt super. Du brauchst nichts anderes.«

Wiederum einige Jahre später – die Intervalle werden kleiner – lese ich in der Herrentoilette einer Autobahnraststation irgendwo in Deutschland den Spruch: »Denken ist wie Googeln, nur krasser!«

Ich erinnere mich daran, wie früher ein gewisser Teil meines Gehirns mit all den Telefonnummern meiner Bekannten und Verwandten belegt war, die ich auswendig wusste. Manche dieser Zahlenkombinationen weiß ich immer noch, auch wenn es den jeweiligen Festnetzanschluss längst nicht mehr gibt, vielleicht nicht einmal diesen Menschen, dem die Nummer einst zugeteilt war.

Heute muss ich mich konzentrieren, um überhaupt meine eigene Handynummer fehlerfrei zu nennen. Sie ist die einzige aktuelle Telefonnummer, die ich auswendig kann. Wenigstens aber reise ich nach wie vor ohne Navigationshilfen. Es ist ein bisschen abenteuerlicher ohne sie. Man bekommt mehr zu sehen. Ich weiß nicht, von wem der Spruch stammt: Wer nie vom Weg abkommt, bleibt auf der Strecke. Doch er trifft meine Einstellung ziemlich genau. Es vermittelt ein Gefühl von Freiheit und Unabhängigkeit, ohne GPS unterwegs zu sein. Als hätte ich mich ein wenig von den Maschinen emanzipiert.

Meine Frau verwendet fast immer Google Maps. Letztens sind wir mit dem Auto unterwegs. Ich nehme eine OMV-Tankstelle an der Schnellstraße. Während ich den Tank fülle und am Schalter bezahle, wartet meine Frau im Auto. Ihr Handy liegt die ganze Zeit über unbenutzt in ihrer Handtasche. Als wir weiterfahren und sie später das Handy herausholt, poppen gleich mehrere Push-Benachrichtigungen auf ihrem Display auf. Wie ihr der Aufenthalt bei OMV gefallen habe?, wird sie gefragt. Und ob sie sich bitte ein paar Minuten Zeit nehmen könne, um ihn zu bewerten.

Zum Glück habe ich bar bezahlt, denke ich. Ich versuche immer, so wenig Spuren wie möglich zu hinterlassen, auch wenn ich überhaupt nichts Illegales verübe. Ich hasse das Gefühl, ständig überwacht zu werden.

Letztes Jahr unterhielten meine Frau und ich uns eines Abends in meinem Arbeitszimmer über Arthrosen. Der Laptop stand geöffnet daneben, weil ich gerade an einem Manuskript arbeitete. Daraufhin bekam ich monatelang in allen sozialen Medien und über alle möglichen Websites Werbung für Arthrose-Medikamente zugespielt. Es dauert immer ungefähr zwei, drei Monate, habe ich bemerkt, bis derartige Werbeschaltungen wieder abebben. Dann gibt der Algorithmus auf, hakt mich als Unbelehrbaren ab. Warum ich aber seit Jahren Angebote für Penisverlängerungen erhalte, weiß ich bis heute nicht. Womöglich sollte ich endlich die Kamera meines Laptops abkleben?

In den 1980er Jahren führten in Deutschland die Bemühungen um eine Volkszählung zu landesweiten Protesten, Boykottaufrufen und zu Gründungen von Hunderten von Bürgerinitiativen. Es dauerte Jahre, bis die Volkszählung endlich durchgeführt werden konnte. Die Menschen gingen hartnäckig auf die Straße, um gegen die Sammlung und Durchleuchtung ihrer Daten zu protestieren. Das Schlagwort vom »gläsernen Menschen« kam auf. Und George Orwells »Big Brother« wurde in Folge viel zitiert. Der Überwachungsstaat nahm erste Formen an.

1989 übersiedelte ich in die USA. In dem Ausweis, den ich bei mir trug, hatte ich das Jahr meiner Geburt geändert. In New York hätte ich als 19-Jähriger noch nicht als volljährig gegolten, also machte ich mich kurzerhand zwei Jahre älter. Auch meinen Führerschein fälschte ich. Zusätzlich erwarb ich in den Staaten in den folgenden Jahren mehre Fake-IDs und diverse Social Security Numbers, die ich je nach Bedarf verwendete. Ich war stets für alle Eventualitäten vorbereitet.

Heute kann ich ohne biometrischen Ausweis in fast kein Land der Welt mehr einreisen. Meine Fingerabdrücke sind eingegangen in die Big-Data-Sammlungen. Wer will und über das entsprechende Know-how verfügt, kann mit wenigen Klicks alles über mich in Erfahrung bringen. Auch mein Gesicht ist in den Datenbanken abgespeichert.

Der autoritäre Überwachungsstaat China hat über 200 Millionen Kameras mit automatischer Gesichtserkennung in den Straßen seiner Städte installiert. Bei Ampeln erkennen die Kameras, welcher Fußgänger die Kreuzung bei Rot überquert. Im selben Moment wird ihm das Bußgeld von seinem Konto abgezogen, und er erhält Minuspunkte im nationalen Ranking der »guten Staatsbürger«. Eine schlechte Bewertung in dieser App erschwert ihm den Zugang zu Jobs, Wohnungen und Schulen.

Letzten Monat wurde in Guangdong eine Frau angezeigt, weil sie bei Rot die Straße überquerte. In Wahrheit aber saß diese Frau zu jenem Zeitpunkt Hunderte Kilometer von der Ampel entfernt in ihrer Wohnung. Sie war ein Model. Ihr Gesicht war auf einer Werbung zu sehen, die an der Seite eines Omnibusses angebracht war. Dieser Bus fuhr vorschriftsmäßig über die Kreuzung. Die Ampel für die Fußgänger war rot. Das Gesicht dieser Frau hätte diese Kreuzung nicht überqueren dürfen.

»Es ist eine schreckliche Welt«, sagt meine Mutter.

Ich telefoniere alle paar Wochen mit ihr. Sie ist ein sehr rührseliger Mensch.

In Innsbruck ist gerade auf offener Straße ein Jugendlicher von hinten erstochen worden. Vorkommnisse dieser Art haben sich in letzter Zeit tatsächlich gehäuft, als wäre das Messer ein Zeichen der Moderne. Ist also das Archaischste doch das Modernste? Kürzlich stach in Nürnberg ein Wahnsinniger innerhalb einer Nacht drei Frauen nieder. In Innsbruck kamen Messerstechereien derartig in Mode, dass Teile der Innenstadt inzwischen als »Waffenverbotszone« deklariert sind. Man darf dort nichts, was als Waffe eingesetzt werden könnte, mit sich führen. Ich überlege, ob ich das langjährige Karatetraining ernsthaft genug betrieben habe und die Kampfkunst der leeren Hand ausreichend beherrsche? Oder sollte ich besser doch einen Pfefferspray, der weiterhin erlaubt ist, mit mir tragen?

»Es ist eine schreckliche Welt«, sagt Mutter.

»Es ist immer schon eine schreckliche Welt gewesen«, sage ich.

»Bei unseren Nachbarn ist jetzt auch schon eingebrochen worden. Und die ganzen Flüchtlinge, die im Mittelmeer ertrinken. Abertausende! Das gab's früher nicht.«

»Mama!«, sage ich. »Du warst noch ein Kind, da haben die Nazis die Macht übernommen. Die abscheulichsten Gräueltaten, die es je auf diesem Kontinent gegeben hat, wurden verübt. Und du warst bei der Hitlerjugend, mittendrin!«

»Ja … vielleicht … aber es war trotzdem eine schöne Zeit«, sagt sie.

Die Nostalgie ist ein Fluch. Sie kommt uns bei der Wahrnehmung des Lebens ständig in die Quere. Früher oder später kommen wir zu dem Schluss, dass die Dinge früher besser waren, auch wenn das gar nicht stimmt. Das, was heute schiefläuft, erkennen wir. Was früher schiefgelaufen ist, streichen wir aus dem Gedächtnis. Nur das Schöne, Gute bleibt hängen. Die Heldenstorys. Selbst der verbittertste Zyniker räumt dem Vergangenen einen Platz in seinem Herzen ein. Somit wird das Jetzt zu einem vergleichsweise düsteren Ort.

Heute trifft das in besonderem Maße zu. Das Schöne, Bessere wird nicht mit visionärem Denken gekoppelt; wir erträumen keine zukünftige bessere Welt, sondern die vergangene, vermeintlich bessere. Dadurch zerstören wir nicht nur die Zukunft, sondern auch die Gegenwart.

Bei einer repräsentativen Umfrage in den fünf größten EU-Ländern gaben im Herbst 2018 fast 70 Prozent der Befragten an, dass sie das Leben früher als besser empfinden als heute. In Italien lag der Prozentsatz sogar deutlich über 80 Prozent. Fast ganz Italien trauert der Vergangenheit nach. Italien war früher eines der ärmsten, sozialpolitisch wie wirtschaftlich am wenigsten entwickelten Länder Europas. In Massenauswanderungen verließen knapp 30 Millionen Italiener bis in die 1980er Jahre hinein ihre Heimat, weil sie zuhause kein anständiges Leben führen konnten. Heute aber empfinden sie die alte Zeit als gute Zeit.

Auch hierzulande wollen viele am liebsten in die Vergangenheit zurück – wenn's denn sein muss, auch in die HJ. Deshalb wählen sie Parteien, die ihnen genau das versprechen: die Reise ins Gestern.

Mein Freund Roland, der seit etlichen Jahren als Architekt in Singapur lebt, schüttelt ungläubig den Kopf. Dieses rückwärtsgewandte Denken ist ihm, von Südostasien aus gesehen, wo das Leben ein einziger Wettlauf in die Zukunft ist, unbegreiflich. Die spinnen, die Europäer, sagt er.

Seit Jahren schüttle auch ich immer wieder den Kopf, wenn ich in Bregenz an der Mittelschule Bregenz-Stadt in der Belruptstraße vorübergehe. Es handelt sich um ein offensichtlich denkmalgeschütztes Gebäude, das sich jedoch durch keine erkennbare Schönheit auszeichnet. Es sieht einfach nur älter aus als die gesichtslosen Betonblöcke, die später um es herum errichtet worden sind. In Japan wäre dieses Haus längst abgerissen worden und hätte Platz für etwas Neues gemacht. Hier aber wird es brav erhalten. Die Schule sieht aus wie früher, in den guten alten Zeiten. Dunkle, vergitterte Gangfenster, die an ein Gefängnis erinnern. Darunter zwei massive, rötlich-braune Torbögen, die als Eingang dienen. Über deren Rundungen ist in altdeutscher Schrift ein Reim in den Sandstein gehauen: »Deutsche Art in Ehr und Pflicht, erblüh' in Gottes Luft und Licht.«

Ich bin froh, dass etwa ein Drittel der Schüler und Schülerinnen, die Vorarlberger Mittelschulen besuchen, eine andere Erstsprache als Deutsch hat. Vielleicht verstehen sie nicht, was da über ihren Köpfen geschrieben steht? Vielleicht ist es ihnen auch einfach egal?

Mir ist fast nichts egal. Ich kann mich kaum vor den Überwältigungen der Welt in Schutz nehmen. Deshalb gleiche ich all das

Negative, das sich zeigt, mit dem Positiven aus, das mir ebenso auffällt. Ich versuche mich auf das Schöne zu konzentrieren, nicht auf sein Gegenteil.

Das Schönste, was ich je gesehen habe, war dieses Mädchen 2017 im Pendlerzug in Sri Lanka, der Engel mit den glasigen Augen.

Das Zweitschönste war ein Gletscherbruch 2010 in der hohen Arktis. Es war Hochsommer, August, der wärmste Monat des Jahres. Leichte Minusgrade, leichte Schnee- und Graupelschauer, heftiger, eisiger Wind. Ich trug einen Daunenanorak, eine dicke Wollmütze, Handschuhe, Thermo-Unterwäsche. Trotzdem drang der Polarwind bis in meine Knochen. Ich marschierte allein, ohne Gewehr – was in Spitsbergen wegen der Polarbären eigentlich verboten ist –, über angeschneite Schotterberge an einem Fjord entlang. Weit entfernt, auf der anderen Seite des Wassers, tauchte irgendwann ein bläulich schimmerndes Gebilde auf. Ich wusste nicht, was es war. Es wirkte klein und riesig zugleich. Sein Schimmern übte eine magische Anziehung auf mich aus. Ich konnte die Augen nicht davon abwenden.

Dieses Ding gab Geräusche von sich. Ein Bersten, Krachen. Kilometerweit war dieses Tosen zu hören – wie jedes Geräusch in Spitsbergen kilometerweit durch die klare Polarluft getragen wird, weil sich ihm nichts in den Weg stellt. Es gibt keine Bäume, keine Gebäude, keine Menschen. Nur Fels, Schotter, Moos. Eine arktische Tundra, von dünnen Schichten Schnee bedeckt, höchstens ein paar Flechten. Und Eisschollen, die über die Fjorde hinaus aufs offene Meer treiben.

Als ich irgendwann nahe genug an der Abbruchkante stand, war es, als würde mich der Gletscher aufsaugen. Ich war nichts. Er war alles. Ich wünschte mir, von ihm verschluckt zu werden.

Das Schönste in meinem Leben habe ich in außerordentlichen Situationen erfahren, einmal in schwüler Tropenhitze, einmal in arktischer Kälte. Das eine Mal kauerte ich auf dem verdreckten Boden eines überfüllten Waggons, eingeklemmt unter Hunderten Bahnreisenden. Das andere Mal stand ich ganz allein inmitten unermesslicher Natur. Die Schönheit, sie liegt tatsächlich im Auge des Betrachters.

Der Nenzinger Himmel ist wunderschön. Auch der Auftritt von Shara Nelson, der Sängerin von Massive Attack, in der Hamburger Musikhalle 1996 war von übersinnlicher Schönheit.

Und meine Frau. Sie ist einfach wahnsinnig schön. Am Tag nach meinem 20. Geburtstag ging ich in einen Club. Ich stieg die Treppen hinunter, ich sah sie dort stehen, im Gespräch mit einem Bekannten, und ich wusste von einer Sekunde auf die andere: Das ist die Frau meines Lebens. Ich habe mich nicht getäuscht. Wir beide redeten die ganze Nacht hindurch. Wir klebten aufeinander. Bis heute hat sich nichts daran geändert. Seit drei Jahrzehnten unterhalten wir uns über alles nur Erdenkliche. Ich liebe das Weltwissen dieser Frau. Ich liebe sie. Und sie liebt mich. Daran ändert sich auch nichts, wenn ich Sachen zu ihr sage, wie dass sie aussieht wie Otto, der Außerfriesische. Sie weiß es zu relativieren.

Der 2016 verstorbene Schweizer Poet und Maler Werner Lutz ist mein Lieblingslyriker. Er beschreibt das Schöne so:

Gerollt geschoben
geschunden gerundet?
ich nehme den Kiesel?
und wärme ihn in der Hand.

Ich kenne diese Wärme, die Lutz beschreibt, ganz genau. Diese kleinsten Momente zeitloser Schönheit. Momente in der Wirklichkeit.

Und dann wieder schalte ich den Fernseher an und werde von anderen Wirklichkeiten erschlagen. Seit Jahren nehme ich mir vor, keine Nachrichten mehr zu schauen. Doch ich scheitere ständig an diesem Vorhaben. Etwas in mir macht mich zum News-Junkie. Vielleicht die Neugier? Oder eher Sensationsgier? Vielleicht auch blanker Masochismus?

»Stop watching the news!«, weist mich die auffallend schöne Stimme des englischen Sängers Morrissey zurecht, der nie um einen griffigen Slogan verlegen ist. Doch auch sein Appell geht an mir vorüber. Ich weiß, es tut mir nicht gut, ständig auf den Irrsinn in der Welt und auf all das, was nicht funktioniert, hingewiesen zu werden. Doch ein ums andere Mal lasse ich mir die kleinen Hoffnungsschimmer entreißen, die ich mir erarbeite – obwohl ich weiß, dass es sich bei den Nachrichten um eine gefilterte Auswahl von Tagesthemen handelt. Ein Potpourri hauptsächlich aus Deprimierendem oder Uninteressantem. Selten bringt es mich weiter. Es demoralisiert mich, anstatt mich zu stimulieren, zu inspirieren, zu agitieren. Trotz alledem klicke ich zigfach täglich auf irgendwelche News-Portale.

Tageszeitungen, die auf meinem Frühstückstisch liegen, lege ich, seitdem ich die Gesichtsausdrücke einiger Minister nicht mehr ertrage, verkehrt rum hin. Ich will in meiner Wohnung keine Menschen sehen, vor denen es mir gruselt.

Schon als Kind wandte ich bei unheimlichen Büchern dieselbe Taktik an. Meine Mutter las mir – was zu jener Zeit wohl die meisten Mütter in Österreich ihren Kindern antaten – aus »Hatschi Bratschis Luftballon« vor. Es ist ein rassistisches Kinderbuch, in dem Schwarze als Menschenfresser und Türken als böse Kindesentführer dargestellt werden. Das gute heimische Fritzchen muss einiges von den Ausländern über sich ergehen lassen, bis es zum neuen Herr im Türkenland wird. Ich bewahrte das Buch ausschließlich verkehrt rum in der Schublade auf. Dennoch wurde ich nachts von Albträumen heimgesucht. Eine derartige Weltsicht verstörte mich schon damals.

Trotz meiner Vorsichtsmaßnahmen vergeht mir der Appetit, wenn ich höre, was die Politiker, die im Oktober 2017 in die österreichische Regierung gewählt wurden, von sich geben. Der eine meint, Asylanten gehörten in Lagern konzentriert, der andere, dass feministische Kunst nicht länger gefördert werden solle. Die Nächsten singen Nazilieder über Judenmorde. Die Gesundheitsministerin findet das Nichtrauchergesetz »grauslich«, die Frauenministerin ist gegen das Binnen-I. Der Innenminister wiederum stellt fest, dass »nicht jeder hierbleiben muss«, und der Wehrsprecher seiner Partei träumt davon, mit militärischen Kräften in Nordafrika Raum in Besitz zu nehmen. Andere Funktionäre bezeichnen Flüchtlinge als »Untermenschen« oder die französische Nationalmannschaft als »Kongoaffen«. Und der Kanzler selbst? Er ist für eine »Achse der Willigen«, will ständig irgendwelche Fluchtrouten sperren und ärgert sich über die »Reichenhetze« – andere Hetzen bekümmern ihn nicht.

Dieses Cabaret des Grauens folgt einem politischen Kalkül. Es geht auf die Arbeit des amerikanischen Juristen und Politberaters Joseph P. Overton zurück, der 2003 im Alter von 43 Jahren bei einem Flugzeugabsturz ums Leben kam. Das sogenannte Overton-Fenster bestimmt den Bereich jener Meinungen und Aussagen, die in einer Gesellschaft als sagbar, vertretbar, akzeptabel gelten. Overton und sein den Republikanern nahestehender Thinktank Mackinac haben erforscht, wie sich dieses Fenster verschieben lässt. Durch bewusste verbale Entgleisungen und gezielte Desinformation werden die Grenzen des Sagbaren erweitert. Rechtsradikale und rechtspopulistische Kreise machen sich diese Technik gern zunutze. Sie ist so herrlich einfach. Kaum ist einmal von einem Schießbefehl gegen Flüchtlinge die Rede, erscheinen alle vorherigen Maßnahmen als vergleichsweise harmlos. Schon ist ein Tabubruch kein Tabubruch mehr, sondern eine legitime Überlegung. Die Meinung der Mitte der Gesellschaft wandert nach rechts. Bald gilt als möglich, was bis vor Kurzem als unmenschlich galt.

Meist wird das Tabuwort von den hinteren Reihen aus in die Welt gesetzt. Ist es eingeführt, existiert es in den Köpfen der Menschen weiter. Zuerst wird die Sprache radikalisiert, dann die Bevölkerung. Irgendwann spricht der Führer zu uns, und niemand kann ihm mehr einen Maulkorb anlegen.

In Österreich ist der Erfolg dieser Taktik vielerorts zu erkennen. So vieles trauen sich die Leute heute wieder öffentlich zu sagen, was sie vor Jahren nicht in den Mund genommen hätten. Auch die Originalversion von Hatschi Bratschi wird sicherlich von manchen wieder hervorgeholt.

Nach einer Lesung im Frühjahr 2018 in Steyr gehe ich müde und erschöpft ins Hotel. Das Wirtshaus im Erdgeschoß, das ich durchqueren muss, ist voll mit rauchenden Männern in Ledertrachten, die mich wie einen Eindringling begutachten. Erst in meinem Zimmer fühle ich mich sicher. Doch das WLAN? Ich habe vergessen, beim Einchecken danach zu fragen. Im Informationsblatt auf dem Schreibtisch meines Zimmers finde ich den WLAN-Code des Hotels: *88 88 88 88*. **H**eil **H**itler – gleich viermal hintereinander.

Ich verschließe Augen und Ohren. Diese Wirklichkeit ist mir zu viel.

Ein Freund in Wien hatte kürzlich einen Nervenzusammenbruch, weil er den politischen Stil in unserem Land nicht mehr ertrug. Er verlor beim Esstisch die Besinnung.

Andere in meinem Umkreis können nicht aufhören, sich auf Facebook über all den Wahnsinn zu echauffieren. Sie sitzen am digitalen Stammtisch und hauen mit der Mouse aufs Pad. Danach geht es ihnen nicht besser. Und verändert hat sich nichts.

Und was bitte schön tue ich?

Ich meditiere doppelt so lang wie früher. Ich führe Gespräche. Schreibe Texte, unterschreibe Listen. Ich verlasse die Komfortzone zu selten, manchmal aber raffe ich mich auf. Inzwischen gehen mehr und mehr Leute auf die Straße und rufen: »Es ist genug!«

Die utopische Gegenerzählung muss endlich geschrieben werden. Von mir aus zuerst im Netz. Dann, möglichst bald aber muss sie hinein in die Herzen und Köpfe der Menschen.

Bevor 2016 die Olympischen Spiele in Rio de Janeiro begannen, sorgten abstoßende Bilder von verseuchten und zugemüllten Gewässern für Schlagzeilen. Die Kanusportler wie die Segler sollten in derartigen Kloaken um die Wette segeln. Ich betrachtete die Fotos im Browser, war kurz entsetzt, ein wenig amüsiert sogar. Dann klickte ich, bevor ich den Artikel fertig gelesen hatte, einen Link an, der mich woanders hinführte. Von dort, ein paar Sekunden später, klickte ich weiter, bis ich bald komplett woanders landete, vielleicht beim Wetter, einer Kulturschlagzeile, einem Fußballergebnis oder einer Informationsseite für Penisverlängerungen.

1996 spazierte ich in Acapulco im Sonnenuntergang zum Strand, zum Wasser hin. Der Stille Ozean spülte seine Wellen ans Land. Das Meer schäumte über meine Füße hinweg. Ich machte ein paar Schritte in die Brandung hinein. Da spürte ich den Müll und den Ölfilm, in den ich meine Beine tauchte, am eigenen Leib. Plastikfetzen, die sich an meinen Knien verfingen, waren noch das Angenehmste an diesem Fußbad. Die toten, stinkenden, mit dem Bauch nach oben in der Brandung treibenden Fische waren schlimmer. Als ich bemerkte, dass zwischen meinen Beinen hindurch auch ersoffene Ratten an den Strand gespült wurden, blieb ich keine weitere Sekunde mehr in diesem

Höllenwasser. Ich werde diese Erfahrung nie vergessen. Lange stand ich noch an diesem mexikanischen Traumstrand und konnte die Augen nicht von seinen Benzinlachen und Rattenkolonien nehmen. Ich rieche noch heute, wie diese Wirklichkeit gerochen hat. Ich höre noch heute das stoische, traurige Rauschen der pazifischen Wellen.

5 SITTING IN SILENCE

2008 produzierte Pixar Studios einen Animationsfilm, der zu
weiten Teilen ganz ohne Dialoge auskam. Es bedurfte keiner
Worte, *WALL·E (Der Letzte räumt die Erde auf)* zeichnete kom-
mentarlos ein düsteres Bild unserer zukünftigen Welt. Ein kleiner, niedlicher Aufräumroboter zog Tag für Tag seine Runden
über den ehemals blauen, mittlerweile zerstörten, kontaminier-
ten Planeten, den ihm die Menschheit hinterlassen hatte, und
sammelte Schrott. Er war der Einzige, der sich hier noch beweg-
te. Nichts gedieh, nichts lebte mehr.

WALL·E ist mein Lieblingsroboter. Ich habe seit 10 Jahren
eine kleine Spielfigur von ihm auf meinem Schreibtisch stehen,
die mir meine Tochter einmal geschenkt hat. Sie ist mein Glücks-
bringer. WALL·E ist eine rostige Maschine. Er tut das, wofür er
konstruiert wurde. Pragmatisch erledigt er seinen Job, fährt
endlos über Müllkippen hinweg, immerzu die wirkliche Wirklichkeit vor sich. Sie ist bedrückend, deprimierend, scheinbar
ausweglos. WALL·E durchforscht das Jetzt ohne Wehmut, ohne
Nostalgie. Eines Tages aber entdeckt er zwischen all dem Müll
ein kleines, unscheinbares Pflänzchen, das zaghaft aus dem
Dreck wächst. Liebevoll kümmert er sich darum. Damit beginnt
die Neuschreibung der Geschichte. Die Zukunft.

Guy Debord beschäftigte sich, anders als Pixar vierzig Jahre
später, im situationistischen Manifest nicht mit der Zukunft.
Er schrieb mit der *Gesellschaft des Spektakels* kein Märchen,
sondern hielt sich an das, was die Gegenwart offenbarte. Das war

Dystopie genug. Dennoch hätte ich mir auch von ihm einen Traum gewünscht, etwas, in das die Gegenwart münden könnte. Wir müssen uns, von unserem Jetzt ausgehend, danach sehnen, irgendwo hinzukommen. Das Leben ist nichts ohne Ziel. Dieses Ziel muss nicht unbedingt erreichbar sein, aber es muss der Gegenwart einen Sinn geben. Einen Zweck. Das Ziel muss nicht klar umrissen, dafür erstrebenswert sein. Es kann ein anderes werden, sobald ich mich ihm nähere, fortwährend modifiziert. Doch erst einmal muss ich mich ihm nähern wollen.

Wie Guy Debord bin ich kein Science-Fiction-Autor. Ich bewundere Sci-Fi-Autoren, aber meist ist mir die Welt zu trostlos, die sie skizzieren. Sie verpacken sie womöglich in eine mitreißende Story, mich aber lassen sie an dem Gedanken hängen: In so einer Welt will ich nicht mehr leben.

Im Geheimen, vage, male ich mir Welten aus, die das Schöne aus dem Jetzt hinüber ins Morgen tragen und es dort drüben mit irgendetwas Neuem verknüpfen. Ich weiß nicht, was das sein könnte, noch nicht. Doch ich hoffe zumindest, dass die Machthaber der Zukunft – sofern die Menschheit dann immer noch Machthaber braucht – anders aussehen und intelligenter sein werden als etwa Trump. Vielleicht sehen sie aus wie John Lennon oder Papst Franziskus? Oder, besser noch, so andersartig, dass ich sie mir im Moment gar nicht vorstellen kann.

Vorerst mache ich es wie WALL·E und Guy Debord: Ich verankere mich im Jetzt.

Mein Anker ist der Atem. Ich atme tief ein. Höre die Reibung der Luft im Inneren meiner Atemwege. Dann lasse ich die Luft so langsam wie möglich ausströmen. Dieses Ausströmen ist weich, eine Befreiung. Ich spüre augenblicklich, wie ich ein wenig die Zeit anhalte, Erleichterung finde. Das Atmen ist nicht bloß direkter Kontakt zur Umwelt, sondern kann für den, der sich darauf konzentriert, eine aufregende, anregende, betörende Erfahrung sein. Eine Sensation. Kein Atemzug ist wie der andere. Es gibt unendlich viele Variationen. Eine Viertelstunde lang auf dem Boden zu sitzen und nichts anderes zu tun, als zu atmen, nichts anderes zu denken, als an das Atmen, das ist eine Herausforderung – meistens eine lohnende. Das Heben und Senken der Brust, des Bauchs, mal mehr, mal weniger weit. Kühle Luft in den Nasenlöchern, im Rachen. Zu spüren, wie weit sie durch den Körper zirkuliert. Es mag langweilig klingen, aber das ist es nicht. Atmen ist nicht nur lebensnotwendig, es ist, zur passenden Zeit am passenden Ort, großartig, es einfach zu tun.

Weder spreche ich von der holotropen Atemarbeit, einer vom tschechischen Psychiater Stanislav Grof entwickelten Technik, die in bewusstseinserweiternde, LSD-artige Zustände führt, noch von »kohärentem Atmen«, dem yogischen Pranayama, der »verbundenen Atmung«, oder dem Warmwasseratmen, das gar vorgeburtliche, ozeanische Erlebnisse verheißt. Schon der hundsnormale, sorgfältig geführte Atemvorgang kann den Bewusstseinshorizont erweitern. Wir atmen nur für uns selbst. Bei klar ausgeführtem Atmen sind wir ganz bei uns. Im Hier, Jetzt. Wir empfinden den Atem als Geschenk. Ich stehe in einem Park, atme tief ein und langsam aus. Im selben Moment überkommt mich Freude, am Leben zu sein. *Lust for life.* Atmen ist spannender als Fernsehen, spannender als Streaming, spannender als Binge-Watching.

Ich war an Orten, wo ich aufhören wollte zu atmen. In Mexico-City fühlte sich jeder Atemzug an, als würde ich eine dünne Bleiplatte kauen. Eines Nachts meinte ich, Schluss damit machen zu müssen. Schluss mit Atmen. Ich dachte: »Das tu ich mir nicht mehr an.«

Gegen vier Uhr morgens, in den schwarzen Stunden, bekommt das Negative Zugriff auf unser Hirn. Der Mensch, der nicht schlafen kann, ist ihm ausgeliefert. In jener Nacht 1997 war die Chance des schwarzgalligen Stroms gekommen, mich ganz weit mit sich hinunter zu ziehen. Glücklicherweise lief aber, dank der Zeitverschiebung, gerade zu dieser Unzeit die Live-Übertragung des Champions-League-Finales im Fernsehen. Es gab Wichtigeres als den Smog, der von der Straße in mein Zimmer, hinein in meine Brust zog. Der BVB schlug Juventus Turin mit 3:1. Ich band mir ein feuchtes Stofftuch, auf das ich Eukalyptusöl träufelte, vor den Mund.

In Peking, genau zwanzig Jahre später, ist die Luft nicht deutlich besser als damals, aber auch nicht deutlich schlechter. Dafür ist nirgends etwas Ansehnliches zu entdecken. Alles Schöne ist wegrationalisiert worden. Es hat keinen Platz, wenn ein Land binnen weniger Jahrzehnte vom Entwicklungsland zur größten Weltmacht aufsteigt. Verlasse ich die wenigen, noch verbliebenen Hutongs, die schmalen traditionellen Gassen in der Innenstadt, kann ich tagelang geradeaus spazieren und bleibe dennoch inmitten eines trostlosen Umfelds von rasch hingeworfenen Hochhäusern. Hie und da ein Park, ein alter Tempel, ansonsten ein Klotz nach dem anderen. Ganz anders als Taiwan,

die »Republik China«, hat Festlandchina einen unbarmherzi-
gen Strich hinter seine Vergangenheit gezogen. Die große alte
Kultur, wer braucht das noch im 21. Jahrhundert?

Wird es mir auf den Straßen Pekings zu grau, gehe ich hinunter in die U-Bahn, in blitzsaubere, von Zombies bevölkerte Ka-
takomben. Sie sehen nie von ihren Handys auf, blicken einander nicht an, reden kein Wort. Habe ich Hunger, muss ich
wieder hoch. 60 000 Restaurants bieten mir Köstlichkeiten an.
Ich könnte 165 Jahre lang jeden Tag in einer anderen Pekinger
Gaststätte essen und wahrscheinlich nie etwas Minderwertiges
aufgetischt bekommen. Der Bedeutung guten Essens ist sich
China nach wie vor bewusst. Eine zukünftige, von China be-
herrschte Funktionswelt wird das Fest eines einzigen Sinnes
sein: der gustatorischen Wahrnehmung. Das gesamte Gebiet
zwischen Peking und Dalian um die Bohai-Bucht im Norden
des Gelben Meeres, das bald als eine durchgängige urbane
Zone, als weltgrößte Stadt mit über hundert Millionen Einwoh-
nern gelten wird, werde ich dann durchstreifen können, und
sobald mein Magen knurrt, werde ich ihn mit feinsten Nudeln,
Reisgerichten, Teigtaschen oder Suppen besänftigen. In Er-
mangelung besserer Optionen werde ich pausenlos auf mein
Handy starren. Dennoch ist es ein menschenwürdigeres Leben
als jenes Dasein, das WALL·E zu erdulden hat. Und wer weiß,
vielleicht ergeht es mir wie ihm und ich entdecke eines Tages
ein frisches, kleines Pflänzchen, das aus dem niedergewalzten
Boden schießt? Dann aber, dann wird alles neu geschrieben!
John Lennon und Prudence Farrow hatten die weite Reise nach
Indien auf sich genommen, um zu lernen, tief in ihr eigenes
Bewusstsein einzutauchen. Alles, was den Menschen ausmacht,
sei dort zu finden, heißt es in den uralten Traditionen der transzendentalen Meditation, die in Rishikesh und mittlerweile in

der ganzen Welt für Millionen Praktizierende unterrichtet wird. Prudence Farrow schloss ihre Ausbildung zur TM-Lehrerin ab und unterweist heute, als 71-Jährige, immer noch Meditationsschüler in einem kleinen Küstenstädtchen in Florida. Sie hat die innere Erleuchtung gefunden. John Lennon führte den Meditationskurs nie zu Ende. Stattdessen schrieb er Popsongs für die Ewigkeit. Ihr Guru, Maharishi Mahesh Yogi, pflegte zu sagen: »Selbst ein flacher Tauchgang macht nass.«

David Lynch meditiert seit 45 Jahren jeden Tag vormittags sowie nachmittags zwanzig Minuten. Insgesamt sitzt er also schon weit über ein Jahr lang mit geschlossenen Augen irgendwo herum, zuhause, im Park, im Flugzeug, auf einem Stuhl, einer Bank, auf dem Boden, und versinkt in den untersten Schichten seines Bewusstseins. Er schwört, dass er Filme wie Twin Peaks, Blue Velvet oder Mulholland Drive ohne die Kreativität und Konzentration, die er durch transzendentale Meditation gewinnt, nie hätte machen können. 2005 gründete er eine Stiftung, die *David Lynch Foundation for Consciousness Based Education and World Peace*, die sich dafür einsetzt, TM an Schulen zu bringen. Lynch ist überzeugt davon, dass solche Schulen und die Schüler, die sie absolvieren, die Welt zu einem besseren Ort machen. Nichts Geringeres als den Weltfrieden erwartet er sich davon. Eine kreativere Gesellschaft. Weltbürger, die auf sich und auf alles andere hören. Menschen, die in der Lage sind, das Schöne, Reine in sich zu finden und mit anderen zu teilen. In jedem von uns stecke das unendliche Meer des Bewusstseins. Wir müssen nur in es hineintauchen, schon können wir die ganze Welt mit anderen Augen sehen und beginnen, sie zu verändern.

Als ich in den 1980/90er Jahren in New York lebte, war die Stadt voller Drogen. Im East Village, wo ich wohnte, in der gesamten Lower East Side kappten die Menschen ihren Bezug zur Wirklichkeit – natürlich auch in anderen Stadtteilen, in Greenwich Village, Chelsea, Uptown, Harlem, Brooklyn, in der Bronx, aber dort kam ich selten hin. Man blieb in seinem Viertel, dort gab es Auswahl genug. Heroin, Kokain, Speed, Ecstasy, Crack, welche Cocktails auch immer. Die kleinen Lebensmittelläden in Alphabet City boten unter dem Ladentisch fertig verpackte Säckchen zu fünf oder zehn Dollar an. Man kaufte eine Pepsi, einen Schokoriegel und nahm einen Fiver oder Tenner Smack oder Coke mit. Die Wirklichkeit in NYC offerierte, was man damals in Mitteleuropa nicht in diesen Ausmaßen kannte: Obdachlose an jedem Eck, die in Kartonbehausungen herumlungerten, Einkaufswagenmenschen, Crazy People in Lumpenkleidern, fantasiebegabte Panhandlers und Grifters, Dealer, die sich die vielen ausgebrannten, ruinenartigen Gebäude zu eigen machten, oder Prostituierte, die unter anderem den Rücksitz meines Autos, eines Chevrolet Station Wagon, der wie alle Wagen, die nicht aufgebrochen werden sollten, unversperrt war, für ihre Geschäfte nutzten. Dazwischen: »Kreative«, wie ich.

Die New-York-Noise-Musikszene machte weltweit von sich reden. Zum Lärm gehörten Drogen, Bourbon und Gin Tonic dazu. Manche Kids konnten schlechter mit diesen Verlockungen umgehen als andere. Einer meiner Bekannten entwickelte eine derartig starke, drogeninduzierte Paranoia, dass er seine Wohnung zu keinem Zeitpunkt mehr verließ. Im Stiegenhaus, auf der Straße, überall lauerten ihm Verfolger auf, die danach trachteten, ihn umzubringen.

»Why should they?«, fragte ich.

»They hate me. They wanna kill me!«

Man konnte es ihm nicht ausreden. Seine Wohnungstür hatte bereits drei, vier Schlösser, er brachte noch weitere an und vernagelte die Fenster. Man musste ihm Essen bringen, weil er sonst in seiner Höhle verhungert wäre, und vor seinen Augen Vorkoster spielen, damit er sah, dass die Nahrung nicht vergiftet war. Um überhaupt von ihm in die Wohnung gelassen zu werden, hatte man einen ständig wechselnden Morsecode an der Türglocke zu befolgen und musste versichern, dass man allein war und sich niemand in der Nähe befand. Schließlich überkam den Armen die Überzeugung, dass Scharfschützen auf dem gegenüberliegenden Häuserblock positioniert waren, um ihn zu erschießen. In Folge robbte er nur noch auf dem Bauch durch seine Wohnung. Ich fragte ihn, ob dieses Dasein, das er führe, überhaupt noch lebenswert sei? Vielleicht sei es besser, er liefe mutig aufrecht herum und tue so, als ob nichts wäre? Unter Umständen wäre sein Leben dann kürzer, in jedem Fall aber deutlich würdevoller. Doch er hatte dermaßen panische Angst davor, von einer Kugel getroffen zu werden, dass er sich nicht dazu überwinden konnte, sich aufzurichten.

Irgendwann wurden seine Eltern irgendwo im Mittleren Westen verständigt und holten ihn nach Hause. Ich hörte nie wieder von ihm.

Die *New-York-Noise*-Szene verschmolz binnen Kurzem mit der aufkommenden sogenannten *Grunge*-Szene, und als Nirvana einen Welthit produzierten, der sogar heute noch in den Top 3 der meistgespielten Popsongs des 20. Jahrhunderts rangiert, fand dieser gesamte Musikstil bald ein zu Tode kommerzialisiertes Ende.

Kurz danach übernahm Rudolph Giuliani die Stadt und säuberte sie mit einer gnadenlosen *Zero-Tolerance-Policy*. Heute ist New York nicht wiederzuerkennen. Es ähnelt eher Disney World als dem, was es früher war. Eine Freundin von mir, die es sich noch immer leisten kann, in Manhattan zu wohnen, zahlt allein für den Abstellplatz ihres Kleinwagens, der so abgelegen ist, dass sie ein Taxi von dort nach Hause nehmen muss, 520 Dollar Monatsmiete. Rudy Giuliani blieb bis 2002 Bürgermeister. Dann kandidierte er kurz bei den Republikanern für die US-Präsidentschaft, bevor er ins Beraterteam Donald Trumps wechselte. Und Kurt Cobain, der Sänger und Gitarrist von Nirvana, schob sich 1994 den Lauf einer *Browning Automatic 5* in den Mund und drückte ab. In seinem Blut zirkulierten Psychopharmaka und Heroin.

Drogenmissbrauch ist heute so verbreitet wie nie zuvor. Kokainrückstände zeigen sich in jährlich steigenden Prozentsätzen selbst im europäischen Abwasser, in Belgien, Spanien, Deutschland, in Österreich und in der Schweiz. MDMA, synthetische Cannabinoide, ständig neue psychoaktive Substanzen überschwemmen den Markt. Noch nie gab es in den Vereinigten Staaten so viele Heroin-Junkies wie heute – auch wenn mittlerweile viele sich nicht mehr *Brown Sugar* in die Venen jagen, sondern Opioide in Tablettenform zu sich nehmen. Popstars wie Prince oder Lil Peep sind nicht die Einzigen, die an Fentanyl zugrunde gegangen sind. 2016 kamen in den USA mehr Menschen durch Drogen-Überdosen ums Leben als durch Schusswaffen oder Verkehrsunfälle. Und auch hierzulande werden Großmüttern leichtfertig Opioid-Analgetika verschrieben, wenn sie über chronische Schmerzen klagen. Eine Wirklichkeit aus Schmerzen ist und bleibt einfach nicht auszuhalten.

Dezember 2018. Ich habe von Air Iberia ein Upgrade bekommen. Auf dem Flug von Madrid nach Zürich sitze ich in der Business Class, kann die Beine ausstrecken, bekomme ein Erfrischungstuch und »spanish cuisine« serviert. Neben mir ein – wie ich später erfahren werde – niederländischer Geschäftsmann, ein Funktionär der UEFA, der die Fußball Champions League mitgestaltet. Er ist älter als ich, ein *Distinguished Gentleman*, so vortrefflich angezogen, dass ich mir wie der letzte

Penner vorkomme. Im Gegensatz zu mir, der ich mit Heißhunger mein Omelett verschlinge, isst er nichts. Er nickt mir nur aufmunternd zu.

»Do you like it? It's good to eat«, sagt er.

Ich weiß nicht ganz, wie er es meint. Wahrscheinlich sieht er in mir einen hungrigen Straßenköter und mag Hunde. Er lächelt freundlich, er mag mich, aber seine guten Manieren halten ihn davon ab, mir noch ausgiebiger beim Essen zuzusehen. Bald wendet er sich ab, nimmt sein iPhone XS Max zur Hand, setzt einen weißen Kopfhörer auf, der wirkt, als habe er ihn beim Juwelier gekauft, und schließt die Augen. Von nun an bewegt sich der Gentleman keinen Millimeter mehr. Reglos verharrt er in vorbildlicher Haltung auf seinem Sitz.

Das Display seines Handys ist leicht zu meiner Seite geneigt. Da ich nicht so gute Manieren habe wie er und, wie bereits erwähnt, neugierig bin, erkenne ich, dass er eine Meditations-App gestartet hat. Er fällt in einen Schlaf, der einer Trance gleicht. Ganz leicht, fast unmerklich schiebt er Oberkörper und Kopf mal nach links, mal nach rechts, ein bisschen nach vor, ein wenig zurück. Er transzendiert. Innerlich spricht er sein Mantra zu sich, nehme ich an. Er unternimmt einen Tauchgang in den Ozean seines Bewusstseins, während unsere Maschine die Pyrenäen überfliegt. Als er nach etwa zwanzig Minuten wieder zurück in die Kabine kehrt, noch freundlicher, noch milder als zuvor, und mich anstrahlt, haben wir beide einen gemeinsamen Nenner gefunden, über den wir uns unterhalten können, bis das Flugzeug in Zürich-Kloten aufsetzt.

Auch ich habe einige Zeit mit einer Stimme verbracht, die sanft aus meinem Handy auf mich eingesprochen hat. *Meditation made simple.* Die Headspace-App analysierte alles für mich.

Lieber Hans, du hast insgesamt 560 Minuten meditiert. Anzahl der Tage in einer Reihe: 4.

Oh! Das ist nicht gut. Ich habe vor fünf Tagen die Einheit geschwänzt. Und wie Headspace weiß: Vor sechs Tagen ließ ich es ebenso ausfallen. Ich bin nicht dazu gekommen. Das ist kontraproduktiv, ich weiß. Meditieren erzielt seine Wirkung nur, wenn es regelmäßig betrieben wird. Das behauptet nicht nur Headspace, sondern praktisch jeder.

Zum Glück ist *Andy* – so heißt die Stimme, die mit wunderbar geschmeidigem britischen Akzent durch die täglichen Einheiten führt – nicht nachtragend. Andy ist ein netter Guru, mindestens so nett wie Maharishi. Ich liebe ihn und gehe davon aus, dass ihn Millionen andere Abonnenten ebenfalls lieben. Er gehört nicht mir, dennoch begleitet er mich ganz persönlich durch jede Session, als säße er neben mir auf der Matte.

Es gelingt mir oft abzutauchen. Die Welt um mich herum nehme ich dann als etwas weit Entferntes wahr. Innerhalb meines Geistes erlebe ich kleine Wunder, die unaufhörlich in- und auseinanderfließen. Wohl sind auch diese Gestalten, Farben, Formen, die ich mit dem inneren Auge beobachte und höchstens als etwas Weiches, Warmes, Abstraktes beschreiben kann, eine Wirklichkeit. Die metaphysische Wirklichkeit in mir. Während ich in ihr treibe, bewege ich mich höchstens wie der niederländische Gentleman ganz sachte hin und her.

Andy redet fast nichts mehr mit mir, seit ich bei den »Pro-Sessions« angekommen bin. Er weckt mich nur rechtzeitig auf, bevor mir alle Knochen wehtun. Wenn er aber doch hin und wieder meint, irgendetwas sagen zu müssen, weil wir Abonnenten ihn schließlich dafür bezahlen, dass er uns unterrichtet, dann ist es zunehmend irgendein Hokuspokus. Deshalb entscheide ich schließlich, ganz auf Andy zu verzichten. Ich brauche ihn als Guide nicht mehr. Ich kenne mich inzwischen selber besser, als er mich kennt. Andy wird mir verzeihen. »That's perfectly normal«, würde er sagen.

Es gibt keinen sanftmütigeren, verständnisvolleren Menschen als Andy. Nur ist er kein Mensch. Bloß eine Stimme aus dem Internet. Sicherlich heißt er gar nicht Andy. Trotzdem kann ich mich in ihn verlieben. Das ist der Vorteil der virtuellen Wirklichkeit, in der ich ihn kennengelernt habe. Man liebt ein Phantom. Das geht gut, solange man sich im Klaren darüber bleibt.

Der Achtsamkeitsboom der späten 2010er Jahre hat auch mich erreicht. Das Internet quillt über vor Angeboten, die das *Sati* alter buddhistischer Meditationstechniken in die Jetztzeit übersetzen. Das Stillsitzen und In-sich-Sinken wird allerorts empfohlen und gelehrt, mal mehr, mal weniger ernst zu nehmend. Mehr Menschen als je zuvor trainieren ihr Bewusstsein, ihr Gewahrsein, ihre *Mindfulness*. Andy nennt es – das gefällt mir als Andy-Fan am besten – »Training the mind«. Unsere Städte sind voll mit Yogastudios, Hatha-Schulen, Ashtanga-, Vinyasa-, Akro(batik)-Yoga-Kursen. Man findet Bikram-Aschrams, die

Schwimmhosen-Yoga in einem auf 40 Grad erhitzten Raum anbieten, oder Hallen, wo Freikörperkulturfreudige Nackt-Yoga praktizieren. Sogar Freigehege, wo Yoga zwischen Ziegen angeboten wird, gibt es. Ebenso, in Norddeutschland beliebt, Yoga mit Schafen (laut einer alten indischen »Weisheit« wohnt Gott in einem Schaf). Andere Gruppen betreiben gemeinschaftliche Lachmeditationen. Und in Zürich stieß ich auf eine Schule, die auf das »Huh«-Mantra setzte. Ihr Motto war:

Lass alles raus, was ausbrechen will. Du kannst verrückt sein, schreien, heulen, hüpfen, tanzen, singen, lachen, herumtoben. Lass zu, dass dein ganzer Körper sich in intensiven Bewegungen ausdrückt. Springe mit erhobenen Armen auf und falle auf die ganzen Fußsohlen zurück. Rufe das Mantra »HUH, HUH, HUH, HUH« tief aus dem Bauch heraus. Gib alles, was du hast.

Und begibt man sich noch weiter hinüber in die Spiritualität, sind den Möglichkeiten, um das Göttliche in uns zu erwecken, keine Grenzen gesetzt.

John Lennon müsste heutzutage nicht mehr zum Guru ins nordindische Rishikesh reisen, um sich unterrichten zu lassen. Die Gurus sitzen zuhauf in allen angesagten Vierteln unserer Städte. Unter ihren Anleitungen, meist dicht aneinandergedrängt auf in Zentimeter-Abständen nebeneinander ausgelegten, mit Desinfektionsspray behandelten Matten, klopfen stressgeplagte Westler – ich oft genug einer von ihnen – verschiedene Abfolgen von Asanas (Körperübungen) herunter. Den meisten geht es nicht darum, über die Dehnungen und Streckungen beweglicher zu werden, sondern sie wollen ein Bewusstsein für ihren eigenen Körper zurückerlangen, das ihnen abhandengekommen ist. Yoga ist gleichsam ein Weg, sich aus allem hinauszumanövrieren, als auch sich in die erkennbare Wirklichkeit zurückzuarbeiten. Die Wahl steht jedem frei.

Auch Dutzende fernöstliche oder südamerikanische Kampf-
techniken und Traditionen beinhalten Konzentrationsschulun-
gen. Fast jeder Kurs, den ich je besuchte, war rappelvoll. Den
größten Spaß bereitete mir »Tae Bo«, eine Power-Mischung aus
Kampfsport und Aerobic. Ich war nicht nur der älteste Teilneh-
mer, sondern auch der einzige Mann – vom Trainer abgesehen.
Dieser Trainer war mehr als nur ein Mann. Er war ein kubani-
sches, hochgradig definiertes Muskelpaket. Souverän dirigierte
er die Gruppe sich ihm hingebender Frauen. Bekleidet war er
spärlich in so eng anliegenden Textilfasern, dass sich jedes
Schamhaar abgezeichnet hätte, wäre er nicht ganzkörper-epi-
liert gewesen.

»Seid ihr bereit?«, fragte dieser Berg zu Beginn jeder Stunde
in die Runde.

Es waren die einzigen deutschen Wörter, die er sprach. Den
Rest der Stunde gab er nur noch Zahlen von sich.

»One and two and three and four! One and two and three and
four!«

Hunderte, vielleicht Tausende Male stieß er die Kommandos
aus. Ich schwitzte wie verrückt. Unaufhörlich wurde im peit-
schenden Rhythmus ohrenbetäubender Technomusik hin und
her gesprungen. Schläge und Kicks wurden in der Luft verteilt,
nach vorne, nach hinten, nach links, rechts und zum Boden hin,
um den Po zu straffen. Meine Kolleginnen trugen hautenge,
thermoaktive Functionwear. Es war schön, 60 Minuten lang eine
von ihnen zu sein. Leider waren wenige Wochen später meine
Kniescheiben dermaßen ramponiert, dass ich diese Form der
Körperertüchtigung einstellen musste. Auch den Zumba-Kurs
entschied ich, fallen zu lassen.

Über derlei Fitnesskurse mit »echten Latino-Trainern« rede
ich nicht mit meinem niederländischen Sitznachbar. Wir

unterhalten uns hauptsächlich über Fußball, Yoga und Meditation. Kurz bevor das Flugzeug zur Landung ansetzt, zeigt er mir eine App auf seinem Handy, die er als besonders nützlich empfindet.

»Es schaltet mich offline«, sagt er. »Automatisch, jeden Tag um 21 Uhr. Alle Online-Apps sind dann für acht Stunden deaktiviert. Erst um fünf Uhr morgens, wenn mich die Weck-App aus dem Schlaf holt, erlaube ich der digitalen Welt wieder Zutritt zu mir.«

Er ist ein reicher, erfolgreicher Geschäftsmann. Er fliegt prinzipiell nur in der Business Class, schläft in 5-Sterne-Hotels, besitzt ein Haus in Luzern und eines in London. Der größte Luxus aber, den er sich gönne, meint er, sei ein paar Stunden täglich offline zu gehen.

6 ARBEIT

Die vielleicht beste Technik, um eine unmittelbare Wirklichkeit zurückzuerobern, mit der wir im digitalen oder spirituellen Nirwana oder sonst wo den Kontakt verloren haben, ist die Ausübung von Arbeit – und zwar solcher, die ich tun will, nicht muss. Sitze ich in einem klimatisierten Großraumbüro browsend meine Stunden vor dem Monitor ab, verliere ich mich eher irgendwo, als irgendwo anzukommen. Doch selbst dann gibt es neben dem Brotjob Freizeit. Sie kann für Fernsehen, Koma-Saufen, Bowling, Skifahren oder Tae Bo genutzt werden, aber auch für vieles mehr. So mancher Hipster entwickelt beispielsweise ein Verlangen danach, Töpferkurse zu besuchen. Andere gründen Vereine und ziehen wöchentlich aus, um Plastikmüll aus der Umwelt zu klauben oder verteilen überschüssige, weggeworfene Lebensmittel um. Einige fahren mit Rikschas alte, immobile Menschen durch die Gegend. Rüstige Pensionistinnen wiederum betätigen sich als Lese-Omis an Volksschulen. Jeder, der irgendetwas kann, kann irgendetwas unterrichten, und schon tritt er hinaus in die Wirklichkeit, nimmt teil an der Welt. Unzählige haben das begriffen, sie betätigen sich ehrenamtlich, machen soziale, karitative Jobs, treten NGOs bei oder gründen Thinktanks (wenn auch nicht unbedingt wirtschaftsliberale Denkpanzer wie Overtons Mackinac).

Auch John Lennon empfahl Prudence, die sich in spirituellen Sphären verlor, die Arbeit als Möglichkeit, wieder in die Wirklichkeit zurückzugelangen. *Won't you come out and play*, sang er.

Seine Arbeit war das Spielen, das Musizieren. Damit hoffte er, die Wirklichkeit nicht nur begreifbar zu machen, sondern auch die Welt zum Besseren zu verändern.

70,8 Millionen Menschen befinden sich derzeit weltweit auf der Flucht. Durch Krieg, Elend, Hungersnöte oder Verfolgung werden sie aus ihren Heimatländern vertrieben. »Unsere Welt geht durch einen Stresstest«, benannte es UNO-Generalsekretär Guterres.

Befindet man sich in besserer Situation als die Geflüchteten, stellt es nicht nur eine direkte Verbindung zur Wirklichkeit her, sondern ist es praktisch eine Menschenpflicht, sie zu unterstützen. Nicht, um Gutmensch zu sein. Aus rein egoistischen Gründen lohnt es sich. Es verortet das eigene Leben mit einem Schlag im Jetzt, gibt ihm Sinn, Würde. Und wenn uns in Zukunft Maschinen den Großteil der lästigen und unnützen Arbeiten abnehmen, die bloß Lebenszeit wegfressen, und uns statt Bullshit-Jobs ein bedingungsloses Grundeinkommen die Existenz sichert, wird noch mehr Raum für freiwillige Betätigungen entstehen.

Ein Freund von mir sah sich, nicht freiwillig, sondern aus prekären Gründen heraus, kürzlich gezwungen, einen Job am Set eines Dokumentarfilms anzunehmen. Als »Mädchen für alles« musste er teils 15 Stunden täglich im Einsatz sein. Er empfand es aufgrund der Fülle an unterschiedlichen Menschen, mit denen er in Kontakt kam, und der Reichhaltigkeit der Tätigkeiten, die ihm aufgebürdet wurden, als Bereicherung. Die Geschichten von den Leuten, die er auf diese Weise kennenlernte, könnten ein Buch füllen.

Bei meinem Zivildienst in Innsbruck hatte ich Tag- und Nachtschichten in der Bahnhofsmission hinter mich zu bringen. Obdachlose, die in abgestellte Waggons eingedrungen waren, um dort zu übernachten, wurden von ÖBB-Bediensteten mit Wasser aus Gartenschläuchen vertrieben. Sie wurden wie Tiere, nicht wie Menschen behandelt. Mitten in der Winternacht standen sie durchnässt und schlotternd in meinem Büro, und ich musste mir irgendetwas für sie einfallen lassen. Manche von ihnen beschimpften mich, als hätte ich sie in diese Situation gebracht. Eines Nachts wurde ich von einem völlig verzweifelten Mann mit einer Pistole bedroht. Es war das einzige Mal in meinem Leben, dass ich direkt in den Lauf einer geladenen Waffe blickte. In sechs Lebensjahren in New York City kam mir Derartiges nie unter.

Heute ist mein Beruf ein anderer: das Schreiben. Das ist ein Glück. Sitze ich denkend vor einem leeren, weißen Blatt Papier oder einer neuen Seite meines Schreibprogramms, verknüpfe ich mich mit der Wirklichkeit. Selbst wenn ich im Schreiben diese Verknüpfung absichtlich löse, ist es ein bewusster Prozess, der mich erdet. Tagebuchschreiben ist eine immergültige Form der Realitätsbewältigung. Psychotherapeuten raten Patienten dazu, ihre Gedanken niederzuschreiben, bevor ihnen diese den Verstand rauben. Mit jedem niedergeschriebenen Wort kehrt der Verstand zurück. Ob es nur für sich, für die Augen des Psychoanalytikers oder für andere geschrieben wird, spielt keine Rolle. Auch nicht, wie gut oder schlecht geschrieben wird.

Beim literarischen Schreiben aber wird es komplizierter, tückischer. Hier beginnt der Schreibende, zwischen Wirklichkeiten hin und her zu springen. Die echte dort draußen darf er nicht aus dem Kopf verlieren, sonst hat sein Schreiben keinen Gehalt. Gleichzeitig muss er die Wirklichkeit seiner Figuren erarbeiten, also Unwirklichkeit erschaffen und nachvollziehbar machen. Ein verteufeltes Spiel. Der Literat setzt sich zwischen die Wirklichkeiten. Er vermengt Erfahrenes mit Eingebildetem. Die Grenzen zwischen Realität und Illusion verschwimmen. Der Schriftsteller betrachtet die Realität zuerst so wie sie ist, bald darauf aber ist sie bloß noch seine Muse. Er beobachtet, beschreibt sie, dehnt sie aus, rückt sie sich zurecht, gestaltet sie nach eigenem Gutdünken. Im Prozess des Schreibens ist das Wirkliche ein Sprungbrett in so weit wie möglich zu öffnende Gedankenwelten. Schreiben heißt abheben. Der Autor irrealisiert die Welt. Utopisches ist für ihn nicht länger undurchführbar. Unmögliches ist möglich. So wird die Wirklichkeit, die der Schriftsteller abbildet, zur Schimäre, zu einem Trugbild, das zwar nicht aus haltlosen Hirngespinsten besteht, aber dennoch von den Fesseln des Wirklichen befreit ist.

All diese Narrenfreiheit genießt der Schriftsteller nur, solange er in seiner Mär plausibel bleibt. Um Beweise haben sich Wissenschaftler zu kümmern, nicht er. Er lügt nicht, wenn er die Realität verdreht. Er lügt nicht, wenn er nicht die Wahrheit sagt. Lug und Trug sind sein Metier. Doch er ist der Nachvollziehbarkeit verpflichtet. Verliert er den Kontakt zum Begreiflichen, vollzieht er den Schritt vom Künstler zum Spinner. Kein Leser kann ihm mehr folgen. Seine Literatur ist dann nicht länger Ausdruck einer Vorstellungsgabe, sondern Produkt einer Psychose.

Friedrich Nietzsche kritisierte 1879 in seinem »Buch für freie Geister« diese entfesselten Vorstellungswelten des Dichters und beklagte dessen angebliche »wirkliche Wirklichkeit«. Er beschrieb den Schriftsteller als Betrüger vor lauter Nichtwissenden, die ihm das Lob echten, tiefen Wissens entgegenbrächten und so zu einem Wahn verleiteten. *Der Dichter stellt sich so,* führte Nietzsche aus, *wenn er die einzelnen Berufsarten, z. B. die des Feldherrn, des Seidenwebers, des Seemanns schildert, als ob er diese Dinge von Grund auf kenne und ein Wissender sei; ja bei der Auseinandersetzung menschlicher Handlungen und Geschicke benimmt er sich, wie als ob er beim Ausspinnen des ganzen Weltennetzes zugegen gewesen sei.*

Es mag durchaus stimmen, dass sich der Dichter gebärdet, als wäre er die große Weltenspinne selber. Er bietet die Wirklichkeit als Möglichkeit an und ebenso die Möglichkeit als Wirklichkeit. So etwas mag für den, der an eine unverrückbare, quasi empirisch messbare Wirklichkeit glaubt, anmaßend wirken.

Auch das Gottgleiche, das den Autor als Herr seiner Geschichten auszeichnet, stößt auf Widerstand. Sogar heute noch wird literarisches Schaffen manchmal als Gotteslästerung gedeutet. Skandale, Morddrohungen, im schlimmsten Fall terroristische Vergeltungsschläge sind die Folgen. Man will es kaum wahrhaben, aber noch immer trägt das Wort diese Macht in sich.

Die Dichter, die sich dieser Macht bewusst sind, gehen absichtlich darauf aus, das, was für gewöhnlich Wirklichkeit genannt wird, zu verunglimpfen und zum Unsicheren, Scheinbaren, Unechten, Sünd-, Leid- und Trugvollen umzubilden, schrieb Nietzsche. *Sie benutzen alle Zweifel über die Grenzen der Erkenntnis, alle skeptischen Ausschreitungen, um die faltigen Schleier der Unsicherheit über die Dinge zu breiten: damit dann, nach dieser Verdunkelung, ihre Zauberei und Seelenmagie recht unbedenklich als Weg zur »wahren Wahrheit«, zur »wirklichen Wirklichkeit« verstanden werde.*

Noch schlimmer als beim Prosa-Autor verhält es sich beim Lyriker. Er hat sich auch um den letzten Rest von Nüchternheit und Stringenz nicht zu kümmern. Er, der Poet, darf alles. Er muss nicht einmal begreiflich bleiben. Er ist aller Pflichten enthoben. Sein Betätigungsfeld ist das Unbeschreib-, Unsicht-, Unfassbare. Nackt positioniert er sich darin und beginnt die Kontemplation à la Schopenhauer:

Wenn man, durch die Kraft des Geistes gehoben, die gewöhnliche Betrachtungsart der Dinge fahren läßt, nicht mehr das Wo, das Wann, das Warum und das Wozu an den Dingen betrachtet; sondern einzig und allein das Was; und man also nicht mehr den Anschauenden von der Anschauung trennen kann, sondern beide Eines geworden sind, dann ist, was erkannt wird, nicht mehr das einzelne Ding als solches; sondern es ist die Idee, die ewige Form.

Der Dichter setzt ein assoziatives Fließen in Gang. Blumig und zugleich unverblümt fasst er in Worte, was ihm auffällt. Ausgeklinkt aus der Welt, beobachtet er die Welt. Sie schenkt ihm keine Aufmerksamkeit. Das aber stört ihn nicht. Ganz liefert er sich den Details der Umgebung und seinem eigenen Scheitern aus. Ob eine Leserschaft seinen Gedankensprüngen zu folgen vermag, spielt keine Rolle.

Doch so entkörpert und metaphysisch dieses Tun des Dichters wirken mag, so wirklichkeitsnah ist es im selben Moment. Denn er ist in zweierlei gefangen: im Augenblick und in seiner direkten Umgebung. Der Lyriker studiert das, was ihn umgibt, bis ins Detail. Dem, was uns unmittelbar umgibt, dem Einzigen, was wir wirklich kennen, angreifen, benennen können, wendet er sich zu. Wirklicher als das kann das Dasein nicht werden. Der Lyriker ist in Wahrheit Realist – selbst wenn er seine Wirklichkeitserfahrung in solch abgehobene Wörter taucht, dass sie für keinen außer ihn selbst nachvollziehbar bleibt. Er nimmt das Leben an und in sich auf, bevor er es stumm, demütig wiedergibt. Alles muss ihn wundern, erstaunen, ergreifen, jeder Flügelschlag muss ihm ein Schauspiel sein. Seismografisch nimmt er die größten Emotionen und kleinsten Verschiebungen wahr. Nichts bleibt ihm verborgen, alles und nichts mutet er sich zu. Trichter ist er, Aufsauger, Weltenbeschreiber. Warum tut er das? Er weiß es selber nicht. Geld verdient er keines damit. Vielleicht macht es ihm nicht einmal Spaß?

Es ist ein Wunder, dass es diesen klassischen Typus des Dichters heutzutage noch gibt. Die Tatsache seiner Existenz legt die Vermutung nahe, dass Lyrik aus dem Menschsein nicht wegzudenken ist. Wie andere feine Künste ist sie Teil dessen, was uns ausmacht. Stirbt die Lyrik eines Tages aus, so wird wohl auch die Menschheit ausgestorben sein. Bis es aber so weit ist, werden sich einige von uns draußen in diesen kargen, trockenen Tälern herumtreiben und dichtend notieren, was sie bewegt. Dort im stillsten Geviert hocken sie, gänzlich sensibilisiert und gänzlich abgehärtet, und liefern sich ihrem Schicksal aus. Sie leben von Brot und Wasser und vielleicht auch noch von billigem Wein.

Beim Lesen von Gedichten werde ein Riss im Weltgebäude sichtbar, habe ich einmal irgendwo gelesen. Ich wünschte, ich könnte solch poetische Sätze selber erfinden.

Nietzsche hingegen schrieb im Vorwort seines Buchs für freie Geister:

Man soll nur reden, wo man nicht schweigen darf; und nur von dem reden, was man überwunden hat. Alles andere ist Geschwätz, »Literatur«, Mangel an Zucht.

7 DIE ENTWIRKLICHUNG

In welch potenziertem Maß hätte Nietzsche heute diesen Mangel an Zucht zu beklagen! Nicht nur Literaten, die Meister im Spiel mit Wirklichkeiten, treiben sich dort herum, wo die Wirklichkeit verschwimmt. Nicht nur sie laufen Gefahr, nicht heil zurückzukommen. Die gesamte Gesellschaft ist vom Wirklichkeitsschwund betroffen. »Literarische Freiheit« ist im allgemeinen Raum entstanden. Fast jeder von uns – nicht bloß der Rechtspopulist – verhält sich locker, ungezwungen im Umgang mit der Wahrheit. Das antifaktische Tun der Literatur ist unser aller Tun geworden. Heute müsste Nietzsche nicht bloß den Schriftsteller Betrüger nennen, sondern praktisch alle anderen Sich-zu-Wort-Meldenden ebenso. Selbst jene von uns, die weder je einen Stift noch ein Buch zur Hand nehmen, meinen, beim Ausspinnen des Weltennetzes zugegen zu sein.

Jeder von uns, jeder Mensch, jeder *Bot* weiß aber auch, wie es um die Ununterscheidbarkeit von Wahrem und Nichtwahrem steht, wenn die Wirklichkeit ins Digitale verlagert und als Strahl von Nullen und Einsen wiedergegeben wird. Jeder weiß, dass niemand mehr weiß, was er zu wissen behauptet. Deshalb greifen wir auf die täglich wachsenden Datenbanken zurück, um festzustellen, was wir glauben können und was nicht. Wohin sonst sollten wir uns wenden? Ihnen vertrauen wir am ehesten. Was auch immer wirklich um uns herum geschieht; wir glauben es erst, wenn eine App es bestätigt. Wer öffnet noch das Fenster, um zu sehen, wie kalt es ist?

Kürzlich ging ich durch die Frankfurter Innenstadt bei trockenem, gutem Wetter. Mein Wetterprogramm, das ich hauptsächlich aus Gewohnheit zigmal am Tag starte, zeigte aktuell Regen für Frankfurt an. Wunderbar animiert prasselte er über das Display meines Handys. Über mir jedoch war der Himmel höchstens leicht bewölkt. Ich spürte den Konflikt in mir. Ich wusste, dass es in Wirklichkeit nicht regnete, aber dennoch verleitete mich etwas dazu, eher der Online-Wirklichkeit zu glauben. Vielleicht ist es bloß eine kurze Pause?, dachte ich. Der Regen wird sicherlich gleich einsetzen.

Er tat es nicht.

Scheinbar sehe ich in jeder Stadt, in der ich mich aufhalte, ob es regnet oder nicht, wie ein Einheimischer aus. Ich habe halt ein Allerweltsgesicht, sagt meine Frau und rächt sich damit für meinen Otto, den Außerfriesischen. Egal, ob ich daheim in Wien, in London, Chicago oder Lissabon bin, es gibt keinen Tag, an dem ich nicht von irgendjemandem nach dem Weg gefragt werde. Fast immer weiß ich sogar eine Antwort. Aber nein!, höre ich dann oft, das könne nicht stimmen. Die Leute tippen mit dem Finger aufs Display. Wir seien doch »hier«.

»Hier sieht es nun mal so aus«, sage ich, »und der beste Weg nach dort geht, meiner Meinung nach, in diese Richtung.«

Die Leute schütteln den Kopf. Siri widerspricht mir. Ich bin überstimmt, und mir ist es egal.

Auch die Schweizer Touristen sind mir egal, die mich in Galle fragen, wann der nächste Zug nach Colombo fährt. Ich sage: »Das weiß niemand. Das ist Sri Lanka. Stellen Sie sich an den Bahnsteig, irgendwann wird einer kommen, der in Ihre Richtung fährt.«

Der Bub mit dem streng gezogenen Seitenscheitel und Polohemd schüttelt entschieden den Kopf. Er sieht nicht mich, sondern sein Handy an.

»Hier steht«, sagt er, »dass der Expresszug von der *Main Station* um 11:08 abfährt.«

Stunden später sehe ich diese Familie immer noch am Bahnhof warten und verzweifeln.

Im Rausch hochtechnologisierter Gesellschaften sind Wirklichkeiten Blitzlichter am Horizont. Meine altmodische Wirklichkeit, Siris neumodische. Alles bloß Meinungen, sie haben nichts zu sagen. Wir vertrauen dem, was eine statistisch höhere Trefferquote hat, dem, an das wir uns gewöhnt haben, oder einfach dem, was schneller und bequemer abzufragen ist. Das Weltwissen steht auf Knopfdruck zur Verfügung. Haben wir die Antwort erhalten, die unseren Erwartungen entspricht, meinen wir, alles zu verstehen. Nicht länger wissen wir, dass wir nichts wissen, sondern meinen, selbst das zu wissen, wovon wir ein paar Augenblicke zuvor noch nie gehört haben.

Ich komme von der monatelangen Indienreise zurück. Freunde, die noch nie einen Fuß nach Indien gesetzt haben, erklären mir mit großer Selbstverständlichkeit, was in Indien

Sache ist. Ich höre ihren Beschreibungen zu. Auch wenn ich einiges bestätigen kann, will ich dennoch widersprechen. Meine Wirklichkeitserfahrung deckt sich nicht mit den Bildern, die sie am Bildschirm sahen.

Im gleichen Moment aber weiß ich, dass auch ich keine Deutungshoheit besitze. Nur weil ich mich einer unmittelbaren Wirklichkeit ausgesetzt habe, weiß ich nicht unbedingt mehr als der, der sich virtuell gebildet hat. Auch ich habe nur einen minimalen Ausschnitt erlebt. Auch ich vertrete subjektive Ansichten, die nicht mehr Bedeutung als reproduzierte Schnipsel haben, die jeder auf Anhieb aufschnappen kann. Wozu also überhaupt die Strapaze? Warum überhaupt noch suchen nach Wirklichkeit? Zwischen all den Fakten und Antifakten sind wir doch alle Empfänger und Verarbeiter von Halbwissen, Rezipienten und Vermittler von Halbwahrheiten, Scharlatane, Blender und Geblendete. Das Wissen des Nichtwissens, das Sokrates vor über zwei Jahrtausenden ausdrückte, verschwindet und ein neuer Wissenssatz manifestiert sich: Ich weiß, dass ich nichts glauben kann. Da ich aber irgendetwas glauben muss, weil ich mich sonst in der Nichtigkeit meiner Existenz verliere, bleibt mir nur ein Ausweg: Ich glaube alles, was mir glaubhaft erscheint. Alle tun das. Niemand hat die Zeit und Möglichkeit, allem, was ihm unter die Nase gehalten wird, auf den Grund zu gehen. Also legt er sich die Welt zurecht, wie es ihm gefällt. Keine Statistik, keine Argumentationsführung beeindruckt ihn, denn im Nu sind Statistiken und Argumente gefunden, die das Gegenteil behaupten. So kommt es beispielsweise, dass sich eine rapid steigende Zahl von Menschen Bewegungen wie den Flat-Earth-Societys anschließt und der Überzeugung hingibt, die Erde sei kein Globus, sondern eine Scheibe.

In Trump'schen Zeiten begegnen wir auf Wisch und Klick der Offenbarung des Irrsinns. Und die Taktzahl der Wische und Klicks erhöht sich. Die fortschreitende Digitalisierung durchleuchtet uns bis in unsere intimsten Bereiche. Unsere Gefühle, Meinungen, Vorlieben, unsere Beziehungen zueinander werden von Algorithmen und Parametern bestimmt. In welchen Menschen wir uns verlieben, welchen Politiker wir wählen, welche Produkte wir kaufen, welchen Leidenschaften wir nachgehen; wir entscheiden es zu wesentlichen Teilen im Datennetz und nicht in unserer direkten Umgebung. Mit jedem Tastendruck geben wir ein Stück weit das Ich zugunsten eines immer genaueren Profils des Ichs auf. Der Lebensfluss wird zum Datenfluss, und wir vergessen, dass die näherliegende Wirklichkeit doch jene wäre, die mit eigenen Augen gesehen, von uns selbst berührt, geschmeckt, geatmet werden kann. Jene, der wir nicht entkommen, statt jener, die uns präsentiert wird. Die augenscheinliche Echtheit hat an Wert verloren. Alles ist »Literatur«. Das Nietzsche'sche Horrorszenario ist eingetreten. Jeder agiert, als wäre er Schriftsteller, sogar der, der keinen komplexeren Satz stricken und keine zwei Gedanken aneinanderreihen kann.

Der klassische Schriftsteller schafft es meistens, die Gratwanderung zu meistern. Aus unechten, aber plausiblen Wirklichkeiten wandert er zurück in konkretere. Von dort aus kann er erneut zu Erfundenem aufbrechen. Doch wenn wir alle ständig diesem Wechsel zwischen mehr und weniger Realem ausgeliefert sind, wenn die Aufspaltung der Wirklichkeit in eine Unzahl möglicher Realitäten also keine Berufskrankheit, sondern ein Gesellschaftsphänomen ist, was macht das mit uns? Was macht es aus uns? Multitasker? Wendige Meister der Flexibilität? Vernetzte Denker, menschliche Filtermaschinen? Oder eher einen Haufen manipulierbarer Idioten, denen der nächstbeste Demagoge die Fake News verkaufen kann, die er will? Abgestumpfte Nihilisten, analphabetische Konsumtrottel, bereitwillige Datenlieferanten, Zyniker, Fatalisten?

Ich will und kann diese Frage nicht beantworten, denn über den Grad unserer digitalen Demenz und Verwirrung gibt es wie über alles und jedes auseinandergehende Studien. Auch mündet jede Spekulation über den Fortbestand menschlicher Vernunft oder dessen, was als »Hausverstand« bezeichnet wird, schnell in kulturpessimistische Diskurse. So etwas hat die Menschheit nie weitergebracht. Schon Nietzsche hat die Einfältigkeit seiner Mitmenschen, die auf die Dichter hereinfallen, an den Pranger gestellt. Zu Recht oder nicht, es führte uns nirgendwo hin.

Ich wende mich stattdessen dem zu, was Wahrheit/Wirklichkeit überhaupt bedeuten könnte. Denn seit der Mensch darüber nachdenkt, was wahr und nicht wahr sein könnte, verstrickt er sich in Widersprüche. Wir einigen uns auf folgende Definition: Wahr ist, was der Wirklichkeit entspricht. Wahr ist, was mit den Tatsachen übereinstimmt. Das funktioniert, solange ich von der unmittelbaren Wirklichkeit rede. Die Buche, deren Rinde ich berühre, ist augenscheinlich echt, wahr, wirklich. Mein eigener Knöchel, der schmerzt, weil ich umgeknickt bin. Werner Lutz' gerundeter Kiesel, den er in seiner Hand wärmt. Der jetzige Moment, in dem ich die Tastatur meines Computers betätige. Diese Wirklichkeit lasse ich mir von niemandem ausreden. Sie gehört zu meiner Existenz. So weit vertraue ich meinem Geist und meinen Sinnen. Doch alles, was sich weiter draußen verortet?

Der Mond. Ich betrachte ihn gern und oft. Die Hälfte seiner Zeit verbringt er am Tageshimmel, wo ich ihn meist nicht bemerke, aber wenn ich ihn sehe, dann, aufgrund seiner erdgebundenen Rotation, immer von derselben Seite. Deshalb bin ich, seit ich auf der Welt bin, mit seinem Gesicht, dem Mann im Mond, so vertraut. Es gehört zu meiner Liste von Wirklichkeiten. Dass das Gestein, das den Mond bildet, vor 4,5 Milliarden Jahren beim Zusammenprall mit einem vagabundierenden Planeten aus der Urerde herausgeschlagen wurde und dabei sämtliches Wasser, das sich als Dampf verflüchtigte, verlor, habe ich gelernt. Ich glaube es, kann jedoch niemandem, der anderer Meinung ist, das Gegenteil beweisen. Das Gestein des jungen Mondes verschmolz zu einem 160 Kilometer tiefen Magmaozean, der sich im Lauf der Zeit abkühlte und verhärtete. Ich liebe die Naturwissenschaften, weil sie mir derartige Bilder schenken. Die Sonne und der Vollmond erscheinen uns genau gleich groß. Der Mond weist zwar nur ein Vierhundertstel des Sonnendurchmessers auf, ist jedoch der Erde genau 400-mal näher. Nur deshalb gibt es ungefähr einmal alle zwei Jahre eine totale Sonnenfinsternis irgendwo auf unserem Planeten. Dann trifft das naturwissenschaftliche Wissen direkt auf mein Erleben der Wirklichkeit.

Am 11. August 1999 stand ganz München für knapp zwei Minuten still. Fast alle Bewohner der Stadt hatten sich Lichtschutzbrillen gekauft, mit der die Sonnenfinsternis beobachtet werden konnte. Die Menschen hatten sich monatelang auf diesen Moment vorbereitet und Eklipsen-Partys organisiert. Deejays wurden eingeflogen. Der Verkehr kam zum Erliegen. Perfekt ausgestattet, versammelten sich die Münchnerinnen und Münchner und saßen und lagen, viele von ihnen händchenhaltend, auf öffentlichen Plätzen in Liegestühlen oder auf dem Boden herum, ihre Gesichter dem Himmel zugewandt. Vor lauter Gedrängel hätte ich beinahe die Uhrzeit übersehen, zu der der Mond begann, sich vor die Sonne zu schieben. Erst 2081 hätte ich hier das nächste Mal Gelegenheit gehabt, ein solches Spektakel zu betrachten.

Ein Raunen ging durch die Menge, als es so weit war. Doch der Himmel über Haidhausen war, verdammt noch mal, dermaßen bewölkt, dass das Naturschauspiel eher theoretischer Natur blieb. Die meisten nahmen nach einer Weile sogar die Sonnensichtbrillen ab und hofften, mit freiem Auge mehr von dem erkennen zu können, was sich 380 000 Kilometer über unseren Köpfen abspielte.

Der Mond befindet sich in beidem, innerhalb meines Erkenntnisfeldes und außerhalb meines Wirkungskreises. Ich kann ihn nicht wirklich fassen. Er lässt mir genügend Raum zur Spekulation. Seine Farbe war nicht einmal für die zwölf Apollo-Astronauten, die ihn betraten, klar benennbar. Gelbbraun sei sie gewesen, dann doch eher grau, rußschwarz sogar. Am Nachthimmel glänzt der Mond weiß. Erscheint er am Horizont, wirkt er doppelt oder dreimal so groß, als wenn er emporsteigt, obwohl sich die Entfernung nicht verändert. Dass er die Gezeiten der Weltmeere verursacht, darüber sind sich die meisten einig. Doch wie und ob er sich auf den Menschen, der ja größtenteils aus Wasser besteht, auf das Wachstum der Pflanzen oder den Menstruationszyklus der Frau auswirkt, bleibt umstritten. Man glaubt, was einem sympathisch ist.

Da ich den Mond mag, glaube ich an alles, was er bewirken könnte – von mir aus auch an die Verwandlung von Menschen zu Werwölfen. Meine Wirklichkeit rutscht hinüber, zuerst in nachweisbares Wissen, dann in umstrittenes, und landet schließlich in der Mythologie.

Aristoteles formulierte 350 v. Chr. die Korrespondenz zwischen Aussage und Realität schlicht so:

Zu behaupten, das Seiende sei nicht oder das Nichtseiende sei, ist falsch. Aber zu behaupten, dass das Seiende sei und das Nichtseiende nicht sei, ist wahr. Demnach sagt der, der behauptet, dass etwas sei oder nicht sei, die Wahrheit oder die Unwahrheit.

An der Logik dieser Aussage hat sich bis heute nichts geändert. Auch an ihrem inneren Konflikt nichts: Die Wahrheit ist abgekoppelt von der Behauptung der Wahrheit.

Die Kohärenztheorie empfahl, den Wahrheitsgehalt einer Aussage zu prüfen, indem man sie in Zusammenhang mit anderen Aussagen stellte. Dies steigert wohl die Chance einer Wahrheit, mehr aber auch nicht. Wenn heute innerhalb kürzester Zeit eine erschlagende Zahl unterschiedlichster Aussagen zu ein und derselben Thematik aufleuchtet, so ist damit dem Wahrheitsdilemma wenig geholfen. Auch die Konsensustheorie, die auf die allgemeine Zustimmung abzielt, ist zum Scheitern verurteilt, weil sie die Bedingungen einer idealen Sprechsituation voraussetzt, welche im sozialen Medienzeitalter keinesfalls vorhanden ist. Es bleiben die Pragmatiker, die sagen, es sei egal, ob etwas wahr sei oder nicht, es zähle lediglich, ob es nützlich, praktisch sei oder nicht. Wir landen in derselben Sackgasse: der Subjektivität von Wahrheit. Wahrheit ist eine Eigenschaft bestimmter Vorstellungen. In der Theorie legt sie die Übereinstimmung mit der Wirklichkeit fest. In der Praxis endet ihr Begriff an diesem Punkt und ist die Wahrheit in Wahrheit eine Auswahl von Wahrheiten.

So what!, könnte ich trotzig rufen. Was soll's, ich akzeptiere diesen Umstand. Wenn sich seit über zweitausend Jahren ontologischer Bemühungen die Greifbarkeit der Wahrheit nicht verbessert hat, sondern sie uns immer mehr entgleitet, will ich mich nicht länger damit aufhalten. Ich könnte sagen: Die Wahrheit ist glitschig, und somit ist auch die Wirklichkeit glitschig, die von dieser Wahrheit beansprucht wird. Lassen wir uns den Fang aus den Händen gleiten! Lassen wir die Realität unserem Dasein entrutschen. Wir würden sie wohl ohnehin nicht verkraften. Das einzig Wichtige wäre, dies wissentlich zu tun, es nicht einfach geschehen zu lassen und Spielball allmöglicher Launen zu werden, sondern die Unmöglichkeit der Realitätsbehauptung bewusst anzuerkennen. Wenn wir uns selbstherrlich über die Wirklichkeit stellen, sind wir nicht länger Betroffene, sondern Bekennende auf dem Gebiet des Realitätsverlusts. Wir gestehen unser Nichtwissen ein, wir wählen Bescheidenheit statt Arroganz. Dies bringt zwar keinen Wissensgewinn mit sich, führt aber zu größerer Toleranz. Die eine Story besitzt folglich nicht mehr Gewicht als die andere. Wir wählen intuitiv vielleicht die eine; das Wissen um unsere Befangenheit aber hält uns davon ab, diese als richtig und die andere als falsch zu kategorisieren.

So weit, so gut. Spätestens hier aber endet der Spaß. Bis hierher mögen wir ehrlich gewesen sein im Scheitern unserer Wirklichkeitssuche. Die Ehrlichkeit mag uns weit gebracht, wir mögen uns von jedem Glauben gelöst und Neuem gegenüber geöffnet haben. Doch auch dem Neuen ist nicht alleinig zu glauben, wenn wir ehrlich bleiben. Führen wir also den Weg des Alles-und-nichts-Glaubens weiter, verlieren wir uns in einer Schleife von Zweifeln. Bald sehnen wir uns nach irgendeinem Halt. Das unbewusste Handeln mochte uns in die Aushöhlung geführt haben. Das bewusste Akzeptieren aller Wirklichkeiten als Trugbilder aber führte ins Dilemma.

Nach einer langen Probe einer Theaterinszenierung, für die ich als Komponist engagiert bin, sitze ich mit einem amerikanischen Dramatiker und dem Regisseur des Stücks in einer Pizzeria. Der Dramatiker hat den Text, den wir gerade produzieren, seiner Tante, *Auntie Fay*, gewidmet. Ihrem Leben und Charakter sei die Hauptfigur nachempfunden. Ich frage ihn, ob diese Tante wirklich so stur, so manisch, so besessen war wie die Figur im Stück. Er nippt an seinem Bier, lächelt ein bisschen und sagt: »Ehrlich gesagt, gibt es diese Tante gar nicht.« Ich – ein wenig naiv, wie ich immer versuche zu bleiben – bin durchaus überrascht. »Es gibt dem Stück halt mehr Authentizität, wenn es auf einer wirklichen Person beruht«, sagt er und verwendet genau dieses Wort, *a real person*, für eine frei erfundene Frau. Der Regisseur neben uns lacht. »Das ist logisch«, sagt er. »Klar, das machen alle so.«

Eine Woche später sitze ich mit einem Freund im Kino. Wir schauen uns »The Revenant« von meinem Lieblingsregisseur Alejandro Iñárritu an. *Based on a true story*, lese ich. Ich weise meinen Freund darauf hin. »Ja, ja«, sagt er. Mehr nicht.

Alles nur Sex, Lügen und Videotape also?

Heutzutage sicherlich deutlich mehr von Zweiterem und Dritterem. Ins Bett steigen die Menschen immer seltener miteinander. Eine Bekannte in Tokio klagte kürzlich ihr Leid. Von all den Männern, die sie treffe, wolle fast keiner mehr mit ihr schlafen.

»Warum das denn?«, fragte ich.

»Den Typen ist es einfach zu anstrengend, zu kompliziert, mit einer echten Frau Sex zu haben«, erklärte sie. »Es gibt so gute Imitationen inzwischen. Das ist deutlich einfacher, als sich mit einer echten Person abzugeben.«

A real person … Zumindest in Japan scheint er also weitgehend realisiert, der alte Männertraum. Endlich Sex, so oft wir wollen, ohne das lästige Drumherum. Auch das ist eine Verschiebung unserer Wirklichkeit.

Als meine Frau und ich in den 1990er Jahren in Los Angeles lebten, war unsere Lieblings-Fernsehserie »Twilight Zone«: eine alte, schwarz-weiße Anthologie-Serie, deren Episoden übernatürliche, unheimliche, paranormale Geschichten erzählten. Rod Serling, der Erfinder der Serie, beschrieb diese mysteriöse »Dämmerzone« als fünfte, dem Menschen unbekannte Dimension, die groß wie das Weltall und zeitlos wie die Unendlichkeit sei. Sie liege genau zwischen Licht und Schatten, zwischen den Wissenschaften und dem Aberglauben, zwischen dem Tal der Ängste eines Menschen und dem Gipfel seines Wissens.

In der Folge »Der Einsame« (1959) wird im Jahre 2046 ein des Mordes beschuldigter Strafgefangener namens Corry auf einen fernen Asteroiden versetzt, wo er 50 Jahre Einzelhaft zu verbüßen hat. Der unbewohnte Asteroid besteht aus nichts als kargen Bergen, Sand und Salzwüsten, die sich in die Ewigkeit erstrecken. Einmal pro Quartal wird Corry mit Lebensmitteln versorgt. In seinem vierten Haftjahr bringt ihm der Captain des Versorgungsschiffs heimlich einen weiblichen Roboter mit, Alicia, um seine Einsamkeit zu lindern. Corry sträubt sich zunächst gegen Alicia. Da sie aber in der Lage ist, seine Gefühlslagen zu spiegeln und Emotionen zu zeigen, gewöhnt er sich an sie. Mehr noch: Er verliebt sich in Alicia.

Im Jahr darauf landet erneut ein Raumschiff. Der Captain teilt Corry mit, dass er freigesprochen worden sei und auf der Stelle zur Erde zurückkehren dürfe. Er solle so schnell wie möglich einsteigen, ihnen bleibe nicht viel Zeit für den Aufenthalt.

Da an Bord jedoch nicht genügend Platz ist, um Alicia mitzunehmen, weigert sich Corry, den Heimflug anzutreten.

Die unerträgliche Wirklichkeit konnte er nur durch eine Illusion ertragen. Bloß ein Jahr später war er bereits so weit, dass er diese Illusion sogar der sich zum Guten gewandten Wirklichkeit bevorzugte.

So stellte sich Rod Serling also vor 60 Jahren die ferne Zukunft vor: Jenes Jahr, in dem ich meinen 77. Geburtstag feiern werde, sofern es mich dann noch zu feiern gibt.

Bis es so weit ist, stürze ich mich weiter in die Arbeit. Sie ist meine Stütze, sie führt mich durch die Jahre und deren Wirklichkeiten. Ich suche Zuflucht nicht bei willigen Roboterinnen, sondern bei der Schriftstellerei. Ich geselle mich zu meinen Kolleginnen und Kollegen, diesen Meistern des Wirklichkeitsverlusts wie der Wirklichkeitsrückgewinnung. Sie sind Träumer und Protokollare zugleich. Sie verstehen, ehrlich mit der Unehrlichkeit umzugehen. Da sie die Welt exemplarisch, nicht dokumentarisch beschreiben und festhalten, was sein könnte, nicht was ist, gelingt es ihnen, wahr zu machen, was Einbildung ist, und diese Wahrheit im nächsten Moment wieder loszulassen.

Doch es ist ein riskantes Spiel, das der Dichter betreibt. Sein Balanceakt zwischen Fakt und Fiktion ist eine Herausforderung, schnell eine Überforderung. Früher oder später stellt sich im Leben der meisten Schreibenden eine Art Entfremdung ein, ein Aufklaffen zwischen dem Autor (dem Beobachtenden) und seiner Umwelt (der Beobachteten).

Der französische Philosoph und Literaturkritiker Roland Barthes beschrieb 1977 eine solche *Déréalité*, »Entwirklichung«, als Gefühl von Abwesenheit. Ein Zurückweichen der Realität in solchem Maße, dass sie nur mit großer Mühe wieder zurückholbar schien. In Momenten der Entwirklichung erschien Barthes' literarischem Ich *alles reglos, losgelöst, sternenfern wie ein einsamer Himmelskörper, wie eine Natur, die nie vom Menschen bewohnt worden war.*

Die Entwirklichung, die Barthes skizziert, ähnelt einer depressiven Verstimmung, einem Anfall von Melancholie. Die Schwermut überwältigt den Menschen aus dem Nichts heraus, mit oder ohne ersichtlichen Grund. Die Außenwelt verschwindet hinter einer Glasscheibe, wird unerreichbar, verschwimmt in der Ferne. Bald ist sie nur noch wattierter Lärm, der stört und irritiert und dem der Betroffene nichtsdestotrotz ein sehnsüchtiges Verlangen entgegenbringt. Denn er weiß: Nur wenn er eine Brücke nach außen schlagen kann, kann er sich retten, sein Exil verlassen, in das er von einer herzlosen Laune des Universums abgeschoben wurde. Depressiv geworden fühlte sich Barthes' Ich vom Rest der Welt abgetrennt. *Die Welt lebt spielerisch hinter einer Glasscheibe,* notierte er. *Sie steckt in einem Aquarium. Ich sehe sie ganz aus der Nähe und doch losgelöst, aus einer anderen Substanz bestehend. So als hätte ich Drogen genommen.*

Mehr als eine vulgäre Depression, mehr als ein kurzweiliger Drogenrausch ist die Entwirklichung, die als Entwirklichung der Gesellschaft erkennbar ist, als Zeitphänomen, als Stadium der Evolution. Es mag zwar für den Einzelnen weniger erschreckend, subtiler, weniger spektakulär sein, wenn nicht bloß er in die Abkapselung vom Wirklichen gerät, sondern es dem Großteil von uns so ergeht. Immer ist es ja tröstend, nicht allein zu sein. Doch wenn die Gesellschaft als Ganzes in eine Entfremdung zu ihrer Umwelt hinüberrutscht, ist das ein bedrohliches Szenario. Das Drama hat größere Tragweite, wenn plötzlich alle an die Scheibe statt an den Globus glauben. Und kennen plötzlich alle Indien von ihren Smartphones besser, als es die Inder vor Ort kennen, dann muss ich Haruki Murakami recht geben, der 1985 eine seiner Romanfiguren feststellen ließ: »Die Evolution ist immer bitter, und sie ist traurig. Eine vergnügliche Evolution kann es nicht geben.«

Doch ganz so weit sind wir noch nicht. Nach wie vor ist es, beizeiten, vergnüglich auf der Welt. Rutscht die Scheibe zwischen uns und das Draußen, ist sie nicht so unüberwindbar wie in Marlen Haushofers »Die Wand«. Weiterhin gibt es Wege zurück, Wurmlöcher in die Wirklichkeit. Noch kann ich Indien bereisen, inhalieren, anfassen. Noch kann ich mit einer echten Frau ins Bett gehen. Noch kann ich allen Ernstes verteidigen, dass der Erdplanet ein Globus ist.

8 DER WIMPERNSCHLAG

Barthes' Ich versuchte sich aus der Entwirklichung zu retten, indem es versuchte, durch schlechte Laune wieder mit der Welt in Verbindung zu treten. Ein naheliegender Ansatz. Durch Nörgeln, Stänkern, Granteln tritt der Mensch mit seiner Umwelt in Kontakt. Er schimpft – wie Glücksforscher es empfehlen, die vorschlagen, dem Widerwillen freien Lauf zu lassen – das Fremdgewordene aus und kämpft sich zurück in die normale Welt. Er erobert die Wirklichkeit zurück. Es besteht jedoch die Gefahr, dass er bei diesem Launenspiel eine Grenze überschreitet und zum Zyniker wird. Was als Galgenhumor begann, wird Verbitterung. Der Betroffene kommt an der dunklen Quelle des Spotts an. Von dort den Weg zurückzufinden, bedarf gewaltiger Anstrengungen. Der Zyniker ist jedoch nicht in der Lage, diese auf sich zu nehmen, denn er ist bereits überanstrengt mit seinem grinsenden Hass gegen alle und sich selbst. Er lebt zwar nicht länger in der Entwirklichung, befindet sich aber in einem Dauerscharmützel mit dem Wirklichen, das er nur als Verlierer verlassen kann. Lieber also das Tor zurück in die normale Welt, solange es geht, offen lassen, Wiedereintritt suchen.

Doch was soll das überhaupt sein: die normale Welt?

Sie ist jener Platz, wo sich alle treffen und der Großteil dieser Leute sich darauf verständigt, bestimmte Gesten und Routinen zu pflegen. Auch dieser Platz ist von Schwankungen ergriffen, die einer Entwirklichung gleichen. Auch die Normalität hat Launen. Wenn also normal ist, wer in Einklang mit der

Normalität steht, dann muss dieser Normale beständig das eigene Oszillieren ans große Oszillieren anpassen und mit der Mehrheit pendeln, wohin auch immer diese pendeln mag. Wenn also der Großteil der Bevölkerung Nazis wird, so wird auch er es, denn es ist normal geworden, Nazi zu sein. So etwas macht die Sache nicht einfacher. Aus der Entwirklichung zurück ins Wirkliche zu finden, ist eine zermürbende Aufgabe, eine Zermarterung.

Der Entwirklichte sieht nur zwei Optionen vor sich: in seiner Blase gestrandet zu bleiben (also: im Ich vertrocknen und das Wir verlieren) oder wieder funktionsfähiges Glied der Gesellschaft zu werden (also: willig sein, sich mit ihr zu verlieren, wohin auch immer es sie verschlägt). Im Schock, aus seinen Scheuklappen aus Glas heraus, erkennt er nur entweder das Zuwenig oder das Zuviel. Entscheidet er sich für das Zuwenig, wird er sich auflösen. Wählt er das Zuviel, hat er viel über sich ergehen zu lassen. Denn draußen drängelt es sich. Es liegt in der Natur der Sache, dass der Hauptplatz des Normalen gut gefüllt ist.

Bereits vor einem halben Jahrhundert war für Barthes die normale Welt randvoll, bis zum Ekel vollgestopft mit Dingen, die stur nebeneinander existierten. Und das Gedrängel auf dem Planeten hat sich inzwischen vervielfacht. Dennoch ist der intakte Mitmensch nicht von Ekel ergriffen. Er ist resilient, er verkehrt milde mit der Welt, denn die Welt ist voller Seinesgleichen. Der Entwirklichte hingegen sieht sich einem Machtsystem ausgeliefert, mit dem er sich in Einklang bringen müsste. In Momenten der Schwäche, mitten im Zusammenbruch, ist dies zu viel verlangt.

Welche Beziehung kann ich zu einer Macht unterhalten, wenn ich weder ihr Sklave noch ihr Komplize noch gar ihr Zeuge bin?, fragte Barthes. Und dieselbe Frage kann der moderne Mensch hinausrufen in eine Welt, die ihm abhandenkommt, in eine Wirklichkeit, aus der er sich langsam aber sicher herausstiehlt.

Manche von uns versuchen innezuhalten und aus der Entfremdung des Menschen von sich und seiner Umwelt auszubrechen. Sie legen die liebgewonnenen Gadgets beiseite, klinken sich aus. Entziehen sich der Welt mit ihren Exzessen, Dämonen, Verführungen. Ich weiß von einer Aussteigerfamilie in Kärnten, die sich weit zurückgezogen hat und ein Funkloch hinterm Berg bewohnt. Dort erwirtschaften sie von Hand, was sie zum Leben benötigen. Es ist ein mühseliger Alltag, den sie bewältigen, aber autark schaffen sie, eine Alternative zur Künstlichkeit darzustellen, in der der Rest von uns landet. Sie leben das, was als *wirkliches Leben* bezeichnet werden könnte. Ihr Überleben hängt an der Wirklichkeit. Fällt die Ernte aus, hungern sie. Nähen sie sich keine Kleider, frieren sie. Hält ihr Dach dem Regen nicht stand, sitzen sie in der Nässe. Vielleicht sind sie glücklicher als ich, allein schon deshalb, weil sie sich in akuter Wirklichkeit verankern und es kaum Befriedigenderes geben kann, als das autonome Überleben zu meistern? Ich hoffe und glaube, dass sie zufrieden sind.

Ich selbst war kürzlich bei Aussteigern auf einem selbstverwalteten Bauernhof im Norden Deutschlands zu Besuch und spürte, auch wenn ich die Zufriedenheit dieser Freunde erkannte, innerlich kein Gefühl der Freiheit, sondern jenes des Ausgestoßenseins. Ihre Binneninsel war ein selbstgewähltes Exil. Nicht ein Paradies – das es wohl war –, meinte ich betreten zu haben, sondern einen Ort der Verbannung. Refugium und Kerker zugleich. Dieser Ausstieg erschien mir auf seine Weise nicht wahrhaftig, denn ein Mensch, der sich vollkommen aus dem

Unfug der Gesellschaft ausklinkt, blendet aus, was mit und in dieser Gesellschaft geschieht. Er entscheidet, nichts mehr davon wissen zu wollen. Er kettet sich vom Smartphone ab. Braucht/verbraucht nicht ein Stück Plastik. Hinterlässt keinen Fußabdruck. So begehrenswert das klingt, ich merkte, wie es mir zu wenig war, zu wenig Anteilnahme, zu viel Aufgeben. Selbst wenn die Spezies Mensch Irrwege einschlägt, ich muss sie doch begleiten, denn ich bin einer von ihr. Auch wenn die Dummheit, Sturheit, Sinnlosigkeit von allem mich zermalmt und ich praktisch nichts gegen die wiederkehrenden Menschenfehler ausrichten kann, die auf unserem Weg in die Zivilisation begangen werden; ich bin Teil ebendieses Wegs. Es erscheint mir besser, ich halte es aus, allem ins Gesicht zu blicken. Wie ich an all dem Großartigen, was Menschen zu leisten imstande sind, teilhaben darf, so muss ich auch die Kehrseite, die zuweilen mächtiger erscheint, in Kauf nehmen und mich als Teil einer vielleicht fatalen Bewegung verstehen, an deren Ende wir womöglich nur sagen können: »Wie schade.«

Ob wir ins Verderben ziehen oder in eine Zeit, in der die Dinge besser werden, wird sich zeigen. Kaum einer geht heute von einer großen Zukunft aus, auf die wir uns zubewegen. Die Hoffnung ist uns spätestens seit der Finanzkrise Ende der Nullerjahre abhandengekommen. Mit den Banken stürzten unser Vertrauen und unsere Träume ein. Die Banken wurden gerettet, unser Selbstvertrauen nicht.

Doch das soll in diesem Moment keine Rolle spielen. Denn ich befinde mich im Hier und Jetzt, nirgendwo sonst. Diese minimale Raum-Zeit-Einheit ist der einzige Ort, der nicht Mutmaßung ist, sondern wo ich mich auskennen kann. Mache ich mir über ihn und über ihn hinaus Gedanken, dann nehme ich ihn an. Verbinde mich mit ihm. Verfrachte mein Leben in ihn hinein. Und tue ich das, mache ich mir bewusst, was ich tue. Was ich tun kann, tun muss, vermeiden muss.

Ich schreibe diese Stakkatosätze und merke: Ich bin da. Es gibt mich, es gibt die Welt um mich herum. Ich bin mit ihr in Kontakt. Sie reagiert auf mich, ich reagiere auf sie. Ich bin mit einem Schlag der Entwirklichung entkommen. Die Wirklichkeit ist plötzlich unübersehbar klar um mich herum gezeichnet, wenn auch bloß für den flüchtigen Moment der Gegenwart. Die Wirklichkeit als Wimpernschlag. Schon folgt die nächste, die sich kaum merklich, aber womöglich doch von der vorigen unterscheidet. Und eine folgende und wieder eine, bis weiter hinten in der Kette vielleicht schon alles anders ist. Ich bin von Wirklichkeit umgeben, muss sie aber als etwas Nicht-Exklusives und etwas sich ständig Erneuerndes definieren. Festhalten kann ich sie nicht. Doch festhalten kann ich mich an ihr. Das muss ich sogar. Es ist eine moralische Pflicht. Ich trage die Verantwortung, nie ganz die Bindung zu der von mir erfassbaren Wirklichkeit aufzugeben. Ich muss hinschauen, auch wenn es schmerzt. Versuchen durchzublicken, auch wenn sich ein Irrgarten öffnet. Reflektieren, reagieren, agieren. Tun, was im Rahmen meiner Möglichkeiten steht, so begrenzt diese sind. Für einen Schriftsteller sind die Mittel abgesteckt durch das Verfassen und Veröffentlichen von Texten, das Bereitstellen von Ideen. Anderen ist Handfesteres gegeben, aber es gibt hier keine Wertung, kein Wichtig oder Unwichtig, es gibt nur die Veranlassung und Offenheit.

War ich draußen in der Entwirklichung, war ich allein mit mir. Bin ich zurück aus dem Exil, bin ich Teil von allem. Auch das ist schwer zu ertragen. Mitunter reagiere ich mit Ohnmacht darauf, resigniere, kapituliere, verweigere. Das Hinschmeißen ist immer Teil des Schaffens.

Manchmal jagt mir mein Lebensentwurf Angst ein. Nicht nur, dass ich laut aktuellen Berechnungen eine Rente von gerade 384 Euro zu erwarten habe, liegt auch die Vermutung nahe, dass unsere Welt nicht rasch genug auf Vordermann gebracht wird, damit ich überhaupt in den Genuss dieser Rente komme. Ich habe zwei Kinder, die eine Zukunft verdienen. Ich fühle mich mitverantwortlich für die Epoche, in der ich lebe. Wer ist für all das schon robust genug?

Öfter, als mir lieb ist, durchfährt mich der Weltschmerz. Doch ihn zu verkraften, ihn umzuarbeiten, umzuwandeln ist Teil des Experiments Leben. Und ihn zu beschreiben, zu interpretieren, umzufärben, vielleicht sogar umzukehren, ist Teil meiner Arbeit, der Schriftstellerei. Meine Aufgabe ist es, Wahrheiten niederzuschreiben. Die Texte können erfunden sein, aber im Grunde müssen sie Wahrheit in sich tragen, erdachte, nicht nachverfolg-, aber nachvollziehbare Wirklichkeit. Nur wenn mir das gelingt, ergibt meine Betätigung Sinn.

Ich nehme also mein Werkzeug in die Hand. Stift. Papier. Ich klappe den Laptop auf und starte ein Schreibprogramm. Schon lande ich ganz bei mir und ganz bei einer mich umgebenden Wirklichkeit. Ich berühre die Welt.

Auch Barthes benannte, als er sein Ich in das Loch der Entwirklichung stürzen sah, den Weg des Schreibens als Weg zurück ins Reale. Die Welt um ihn herum rückte in die Ferne, und er holte sie zurück, indem er sie in Sprache verwandelte. Er rettete sich aus dem Zustand der Entfremdung, indem er alles beschrieb, was er in einer sternenfern gewordenen Welt erblickte. Er drückte ihr sein Zeichen auf. Benannte das Geschehen. Schrieb

Wort für Wort, Satz für Satz. *Anstelle dieses Loches der Entwirklichung hat sich ein Reales aufgetan, das des Satzes*, resümierte er. Er kam zu folgendem Schluss: *Ein Verrückter, der schreibt, ist nie ganz und gar verrückt; er ist ein Schwindler: Kein Loblied der Verrücktheit ist möglich.*

Barthes kehrte seinen Absturz – seine Verbannung hinters Glas – ins Gegenteil. Ich tue es ihm gleich. Durch die Niederschrift, durch Schreibroutine hält sich der Mensch – professioneller Autor oder nicht – in der Welt. Solang er diese beschreiben kann, geht er nie ganz verloren. Es zählt nicht, wie gut er das Beschreiben beherrscht, sondern nur, dass er es tut. Er schreibt für sich. Im Schreiben wird er Zeuge seiner Umwelt und Betrachter sowohl der Dinge als seiner selbst. Seine Sprache schlägt die Brücke vom Hier und Jetzt ins Dort und Dann. *From Here to Eternity.* Von der Realität in die Einbildung und wieder zurück.

So mag der Schriftsteller also noch so ein Betrüger, Schwindler, Erfinder sein; er ist Wirklichkeitsmensch. Er klebt nicht an Fakten, aber errichtet Wege durch das Labyrinth der Zeit. Er führt in die und entführt aus der Wirklichkeit. Und irgendwann werden von ihm nichts als seine Schriften bleiben.

In glasklarem Bewusstsein schreibe ich somit die letzten Worte dieses Textes nieder. Das nervtötende Autowrite habe ich ausgeschaltet. Ich will keine Hilfe von Maschinen. Lieber mache ich Fehler, als dass das Autowrite falsch mitdenkt, einen falschen Algorithmus anwendet, falsche Wörter aus denen macht, die mir im Augenblick richtig erscheinen. Ich will nichts, das nicht ich bin. Auch einen Gott brauche ich jetzt nicht. Denn ich bin ganz bei mir, mit all meinen Sinnen in der Gegenwart. Und während ich am Schreibtisch sitze, oder während ich vorher auf der

Yogamatte gesessen bin, oder während ich später durch Straßen oder Wälder spazieren und mit Menschen reden werde, während ich ein- und ausatme oder einfach in den Tag hinein lebe, geht mir die Melodie, die John Lennon vor einem halben Jahrhundert geschrieben hat, nicht aus dem Kopf:

Dear people
Won't you come out and play
Dear people
Greet the brand new day
The sun is up
The sky is blue
It's beautiful
And so are you
Dear people
Won't you come out and play.

Gedruckt mit freundlicher Unterstützung durch

Umschlag: Boutique Brutal, boutiquebrutal.com
Illustration Cover: Stephan Breier
Illustrationen: Christoph Abbrederis
Banderolenfoto: Filmstill aus »The Mask«, Kanada, 1961
Druck und Bindung: finidr.cz
© Milena Verlag 2019
A–1080 Wien, Wickenburggasse 21/1–2
ALLE RECHTE VORBEHALTEN
www.milena-verlag.at
ISBN 978-3-903184-43-5

Weitere Titel und unser Gesamtverzeichnis
finden Sie auf www.milena-verlag.at